大邑文化
POLIS PRESS

府城街角的哲學香。

大學教授的鐵馬咖啡攤日記

推薦序

成就生命創舉

教育部傑出通識教育教師得獎人　林明焜

　　沒有布達佩斯「紐約咖啡館」的富麗裝潢，也沒有維也納「中央咖啡館」的精緻甜點，「腳踏車哲學咖啡」除去了奶精和糖的干擾，將咖啡純化成了煨焙雙手、醇郁味蕾、豐厚思維的滿心暖意。

　　讀《府城街角的哲學香》，如同進入小津安二郎的電影世界，不見大悲大喜，不見曲折起伏，只見古都市井小民的生活點滴。在作者不精心修葺的細膩筆觸下，猶如透過固定鏡位，靜觀尋常百姓的言談。看似平淡無奇，卻醞釀出細微感動，在心中漾化開來，汩汩地匯成一股暖流，在心底迴盪，久久不已。

　　在雜沓紛擾、亂象四起的當今社會中，《府城街角的哲學香》記錄了人性最原初的良善和質樸，也看到了臺灣與府城濃郁的人情味。讀者們不妨暫時擱置白天裡發生的惱人俗事，在夜燈下淺嚐一口「哲學咖啡」，品味其中深藏的人生哲理。

　　志於道，據於德，依於仁，遊於藝

——《論語·述而篇》

古聖賢教人，雖一曲藝未嘗不與心學相通。人能得此常理，設使為醫，則必能究性命之源；為巫，則必能極鬼神之情狀。一徹萬融，所謂因源而得委也。

　　　　　　　　　　　　——明·唐順之〈與裘剡溪推官書〉

　　身為大學教授，學的是機械、物理和科學教育，卻在巷弄間擺攤、賣咖啡、談哲學，這樣的行徑和動機著實耐人尋味。無論他人眼光和解讀為何，這正是作者藉自我探索、與人互動，並深究生命意涵的挑戰過程。如同〈長途旅行〉歌詞中所描繪的：「我不是眾醉獨醒，只是見多了冷暖人情，我無心和時間競走，我只是平凡的我。雖然來去匆匆，只覺留戀無限，一心把美景賞遍，不枉走一趟人間。」哲學咖啡著實有對生命的參思與領悟。

　　此書出版的同時，作者正進行著另一項圓夢壯舉 —— 機車環島旅行。同樣地簡單行囊、同樣地孑然一身，只有哲學相伴，等待著與人間蘇格拉底不期而遇。也許不久的將來，另一本「臺灣環島的哲學香」便將問市！

　　生命本是不斷地尋覓、探察、體認和回顧，升斗小民的浮光掠影，不經意地就在我們的生命中留下了獨特、模糊卻又難以抹滅的影像和畫外音。

P.S. 找了一個從不讀序的人寫序，這大概也是此書的創舉之一吧！

推薦序

從一杯咖啡中體驗生活

教育部公民核心能力課程計畫主持人　黃俊儒

　　知道有此榮幸幫本書作序之際，立即有兩個人影鮮活地躍上我的腦海：

　　第一個是一位朋友，他曾是臺灣頂尖學府中的哲學系主任。他說在每次開學的新生訓練中，別系的主任是忙著為大家勾勒璀璨的未來，他的工作則是急著勸大家「不要轉系」。

　　第二個是身為高中生的外甥女，我推薦她暑假去參加「高中哲學營」，她毫不考慮地拒絕，更丟下一句：「學哲學的不是都怪怪的嗎？」

　　如果前述的學生家長或外甥女知道本書作者，連喝一杯咖啡都需要細細思索「我為什麼這麼喜愛咖啡呢？」、「咖啡究竟有什麼魅力呢？」，他們大概會自豪自己沒有錯。在一般人眼中，哲學思考似乎是不太經濟、不太務實，甚至有點脫序的事。但是話說回來，我們的生活中每一件事都與哲學思考密切關聯。

　　三十幾歲的朋友聚會，大家興高采烈地討論哪家公司獲利高、股票哪支好？四十幾的朋友聚會，談論小孩的教育與養育，從選奶粉到選幼稚園；五十幾歲的朋友聚會，談的是哪個醫生好、哪種營養品有效？就這樣一路談到退休生活、養老、老人年金、塔位……，如此真實的人生歷程，不就是我們避之唯恐不及的「哲學」所談的事情嗎？

　　「咖啡不僅是一種飲品，它更是一種生活態度、生活哲學、生命體會、甚至是美學，它不在書本裡，而在周遭的真實世界。」透過親身打造腳踏車咖啡，穿梭在古都街頭擺攤，從一杯咖啡去體驗人生哲理，透過具體而微的世界來試煉人生。每次想起作者這段「哲學咖啡」的奇幻旅程，心中總是激起了許多的欽羨，羨慕將哲學融於無形的智慧，欽佩這股勇於追尋人生價值的勇氣。

　　我與本書作者謝青龍教授已熟識二十年有餘，不論在工作上、生活上，謝教授一貫融入許多哲思，並且總是謙虛自持。在他的身上，我學習到許多豁達與自如的人生道理，並且自豪地認為應該在他辦公室中喝過全嘉南平原最香醇的咖啡。在謝教授的研究室中，永遠瀰漫著咖啡香及鼎沸的討論聲，這些聲音來自於老師、學生，或是偶爾路過門前的閒雜人等。若書中的「哲學咖啡」是一個新手生意人的市場初體驗，不如說，這家行動咖啡攤早已在大學校園內開賣許久。而我就是其中的受惠者。

　　本書記錄了謝教授在「哲學咖啡」行動中的種種，內容娓娓道來人生的各種境遇及境界。閱讀本書時，讓我想起作家東野圭吾筆下的「解憂雜貨店」，雜貨店的老闆替提問者解惑，同時返照

自己的人生。與其說是幫人解惑，不如說是在解惑過程中反覆證明自己的存在，也算是解自己的惑。謝教授筆下每一篇行動日誌，看似平淡地道出這段意外旅程中的所見所聞，實際上每篇故事都埋下了生命哲理，並勾勒出一幅最值得過的人生圖像。相信讀者都可以藉此返照自己的人生並賦予全新的價值。

記得有次大夥一起品嚐朋友親自烘焙的咖啡豆，因為咖啡豆的顏色稍重，大家都好奇它的口味如何。於是請青龍兄親自執壺沖泡，依照過往經驗，啜飲第一口之後，就是青龍兄開始點評的時間，從香氣、喉韻、個性等。只見大師異常地多停留半晌，沉思半天後，幽幽地吐出了三個字：「咖啡味」。沒錯，還在試驗階段的豆子，連我這個半調子都覺得確實沒有香氣，沒有喉韻，更談不上個性。在沒有別的形容詞之下，只剩下咖啡本身之所以有別於其它飲品的「咖啡味」。人生呢？少了層次、少了韻味、少了風格，就生命型態而言，可能只剩下單純的活著，單調得就像只剩「咖啡味」的咖啡。

我長期以來受惠於「哲學咖啡」，感受過泡咖啡、喝咖啡、談學問、聊人生的樂趣，因此對於本書的問世自是引頸期盼，更希望這種心靈的悸動也能分享給其他人，畢竟這是現今的大學校園，甚至社會中最缺乏的一環。

好奇這種感覺的人，不要懷疑，體驗真實的人生，從一杯咖啡開始，從這一本書開始。

推薦序

不只是浪漫而已

寫樂文化發行人　韓嵩齡

　　若世事皆一路順遂，是否就是完美人生的境界？

　　讀謝青龍教授的《府城街角的哲學香》書稿時，讓我想起《深夜加油站遇見蘇格拉底》這本名作。

　　常常是因為失去了，才想起獲得的。

　　這位南華大學的哲學系教授，因為一場大病，生死交關之際，在病床上思考三個問題：「死亡、孤獨與出走」，出院之後，無意間看到一本哲學書《摩托車修理店的未來工作哲學》，寫著一位哲學博士辭去智庫的工作，卻在摩托車修理店粗活中找到人生意義的故事，謝教授受到啟發，原來流浪不必遠求，誠實面對自己的孤單，並不一定非要人跡罕至、千山鳥飛絕，在街頭、在公園，就在你所在的城市，處處都是修羅場。

　　他改裝自家的腳踏車，每一顆螺絲釘，都由自己牢牢擰上；他在街頭賣起流動的手沖咖啡，每顆咖啡豆的烘焙沖調，皆不假他

人之手。一位大學教授在街頭當小販，賣一杯六十塊錢無糖無奶的手沖咖啡，與其說這是商業，不如說是一場極富實驗性質的行為藝術更為貼切。

就如同《深夜加油站遇見蘇格拉底》裡的丹・米爾曼與蘇格拉底，謝教授在街頭的這場實驗，藉由咖啡與每一位過客產生關聯、交流與連結，他有時是丹・米爾曼，長期待在學術象牙塔中的昏聵，被那些由顧客貢獻的、來自街頭野生的道理所震撼。有時他又像蘇格拉底，把自己的人生體會，也藉由一杯咖啡，傳遞了某種正向價值給買下咖啡的人們。

咖啡是一種非常有趣的「介質」，幾乎可以跟任何事物搭配而不產生衝突，例如音樂、閱讀、空間、飲食等等，不論喝不喝咖啡，但很少人會討厭咖啡的香氣，這是一種天生就極富浪漫精神的產品。我出版過幾本咖啡書，故而許多朋友常問：我來開家咖啡店如何？

若日後再有朋友問這樣的問題，我會建議他去買本《府城街角的哲學香》，從頭讀到尾，再送上一句話：

「賣咖啡，不只是浪漫而已。」

自序

—

行動的哲學咖啡

　　咖啡，一種再普通不過的飲品，如何和哲學扯上關係呢？我甚至打著「哲學咖啡」的招牌，騎著一輛「行動咖啡腳踏車」穿梭在臺南府城，叫賣著一杯比便利商店、連鎖咖啡店還貴、而且不能加糖與奶精的咖啡。有人問我：「為什麼？」

　　我想說的是：這是一場關於流浪與出走的寧靜革命！

　　我得承認我真的喜愛咖啡，只要聽到哪裡有不錯的咖啡，我都會迫不及待地趕著去品嚐；我也承認，哲學思考就像我的呼吸，是我生命的一部分。所以，我不禁從哲學的角度想：我為何這麼喜愛咖啡？它究竟有什麼魅力？品嚐咖啡之餘還能有什麼樣的哲思呢？咖啡對我而言不僅是飲品，更像是生活態度、生活哲學、生命體會、甚至是哲學美學，它不在書中，而在每一天的真實世界。

　　既然哲學不只發生在書中，生命也該充滿各種可能，於是我選擇了咖啡和哲學來實踐內心已久的渴望——出走。那麼要從哪走

府城街角的哲學香

出去？又要走到哪去呢？這不是為了逃避什麼，我也不想要從什麼地方走出來；這不是救世濟民的高遠理想，所以也沒打算走到哪。我只想藉著出走，看看自己究竟停留在原地多久？探索自己還能走多遠？

於是「腳踏車咖啡的哲學行動」就此展開。在暑假與寒假，我每天固定將咖啡的器具載上車，從車庫出發，騎往誠品書局、赤崁樓、海安路、巴克禮公園，擺上「哲學咖啡」招牌，打開車後架大木箱，拿出所有器具，泡一杯耶加雪夫，坐在露營椅上，靜靜地在城市角落裡看著熙來攘往、川流不息的人群。

也許在路人眼中，我是坐在角落看書的咖啡小販，但我誠摯地打開心靈，歡迎每位走近哲學咖啡的客人，我深信，被吸引來的客人，心靈上必定與我有些可契合處，每位獨立自主的個體也都必定有篇精彩的人生故事。希望藉這杯腳踏車哲學咖啡，遇到更多朋友、聽到更多精彩的人生故事，然後用虔敬的心與平實的文字記錄下來，做為我一生美好的回憶。

這不是驚世駭俗的瘋狂之舉，也沒有熱鬧的冠蓋雲集，只是關於我個人生命書寫的故事，記著一位哲學老師在十餘年教學之後，如何重新面對自己的哲學生命！透過咖啡的種種過程：烘焙、研磨、沖泡與品嚐、甚至叫賣，重新檢視自己的生命，從與他人相處、觀察自己在宇宙自然中的渺小。然後透過實踐行動，找到原初的感動，不為一己、不為他人、也不為自然，只是在咖啡的美學中，渴望找到「詩意的居存之所」。

　　　　　　　　　　　　　　　　　　于南華學慧樓
　　　　　　　　　　　　　　　　　　2012.7.27

目錄
―

帶著味蕾，行遍咖啡世界

緣起

追尋嶄新的自由心靈

2009 年 3 月我生了場大病，因肝膿瘍住院兩週，在嘉義基督教醫院的病房，每天看著川流不息的忠孝路，日復一日，時間慢到令人無法忍受。不變的街道、相同的店面、招牌、就連霓虹燈變化的頻率，都規律地反射在腦海裡。於是我對自己說：「離開醫院後，無論用什麼方式，旅行或改變生活，我都希望能夠重新開始。」

當時我反覆想著：「若不是中平老師與文柏老師兩位好友，硬是從宿舍把我拉出來到大型醫院檢查，及時診斷出肝膿瘍並住院治療，此時我不知是否還活著？」

於是我在活著的時候思索死亡：「如果生命終將走向死亡，那麼生命的存在有何意義？」甚者，人們所懼怕的或許是：「自己的生命原來是沒有意義的！」在德國哲學家海德格爾（Heidegger）的人生哲學中，說明人生是被拋擲到世間的歷程，他認為：「唯有真實地面對『我之必死』的事實，才能面對人生的一切可能。」

府城街角的哲學香

那麼生命的意義究竟為何？在鬼門關前繞過一圈的我，透過思索死亡，開始詢問生命的本質。

從生活思索死亡，再由死亡探尋生命。住院間只能看到相同的景色的我，幽微地活在禁錮的牢籠，那活著的意義是什麼呢？

▎自由精神與流浪出走

錫輝老師來看我時，帶了謝旺霖先生（第一屆雲門「流浪者計畫」[1]的獲獎人）所著的《轉山》來，說是讓我聊以解憂。細讀後，那分流浪者的孤獨感緊緊地圍繞我，與我這些天來念念不忘的生命轉折竟不謀而合。一位二十四歲的年輕人，為了挑戰內心的脆弱與恐懼，帶著他的計畫「騎鐵馬到西藏」去流浪。出發前他說：「這趟旅程可能失敗，但至少我應該在失敗面前看到自己究竟是如何就範的。」這樣年輕誠懇的心靈，我彷彿遺忘許久。

誠如第一屆流浪者王瑋廉所說：「流浪可以有千百種理由，但行動是唯一的需求。」面對日常生活的習慣或社會文化，我們常不自覺跟著他人的腳步以圖平穩安全，卻不知道當我們專注於他人的腳步時，錯過了多少沿途風景。安藤忠雄曾說：「當一個人迷失在異地，那種孤獨、掙扎、喘息和吶喊，會讓一個人在瞬間

---

[1] 2004 年林懷民榮獲行政院文化獎，他將全部獎金捐給雲門舞集文教基金會，成立「流浪者計畫」，並廣向各界募款，獎助年輕藝術家到海外從事自助式貧窮旅行。林懷民說：「年輕人逐夢的勇氣，落實夢想的毅力，是社會進步重要的本錢。」2005 至 2014 年，這些獲得獎助的流浪者陸續歸來，帶回他們的生命體驗故事。

做出判斷，並激發自身特有的潛能。於是這些孤獨、掙扎、喘息和吶喊便造就了這個人。」

「你出走開始跟自己獨處。於是你在沉默中看見自己呼出有顏色的空氣。出走的目的其實就是體驗自己。」（雲門第四屆流浪者／王世緯）這就是流浪與出走的真正目的——面對自己的孤獨。

但是人為何需要面對自己的孤獨呢？所有的偉大的心靈創作都告訴我們：「孤獨」才是人們應該體悟的真相。有趣的是大多數人卻不這樣想。人們害怕孤獨，當孤獨來臨時想盡各種方法驅趕它，無論是在親情中尋求慰藉、或是在愛情中互相取暖、在友情中慷慨相助、甚至在宗教中重尋生命喜悅……，這些都是人們擺脫孤獨的方法。但是這真的有效嗎？如果人生的本質、生命的真相是孤獨，個人在世間都是孤獨的小舟，當驅趕孤獨的外在因素消失時，我們仍會面對自己永遠是孤獨個體的事實。

這是你我要面對的永恆課題，唯有真正面對它、體會它，我們才開始認識真正的自己。根據美國哲學家菲力浦‧科克（Philip Koch）的定義，孤獨是一種持續若干時間、沒有他人涉入的意識狀態。有了這核心特徵，其他狀態就跟著顯現了：單獨一人、反省的心態、擁有自由、寧靜、特殊的時間感和空間感……等。看來孤獨不僅惠贈了人們休息與恢復，也提供了場所讓人們癒合在社會與人群中扯裂的傷口。這是非常奇特的經驗，恐怕得親身經歷過，才能深刻描繪出孤獨情境下的身心狀態。

「流浪者計畫」為社會撒下一道耀眼的陽光，喚醒了沉睡在深

府城街角的哲學香

處渴望流浪的種籽，以驚人的力道飛迸而出！這不僅是年輕人「獨自流浪的體驗」，還是一趟「心靈深度之旅」。透過流浪和自己對話，並從「自我追尋」走向「社會關懷」，進而思索「歸屬」落在何處。顯然，林懷民吹起了流浪的號角，鼓勵年輕的心勇敢出征，去放空、學習、奉獻與挑戰自己……，歸來時我們會發現：生命充滿無限可能！

　　如同劉克襄先生在《轉山》的推薦文中所說：「每個年代裡都有流浪，讓年輕人充滿旅行的夢想。每個年代的流浪，裡面都含有大量漂泊的因子。在漂和泊之間，我們不斷地在尋求一個平衡點。或者，摸索一個人生旅途的著力點。」人們在出走與流浪中，為自己重新定位。所有流浪的心境，不在於旅行的路途有多遠，而在於尋求出平衡點。這也讓我想到赫曼赫塞（Hermann Hesse）的《流浪者之歌》中主角求道的過程，反映出世人內心的各種不安和迷惑，那種莫名的蠢動、強大的誘因，就像佛陀證道前的各種考驗。作者以不假修飾的真誠坦率，帶讀者用平和、不執妄的喜悅心，追求真我性靈的豐美，臻至滿足的境地。所以《轉山》最令我動容的，不是渴望流浪、追求認識世界和拓展視野的浪漫情懷，而是那分平靜自持的從容，出走是為了找到能重新面對生活的動力。病房中的我，對生活與生命也有著相同渴望。因此我渴想著流浪與出走。

▎動手做的哲學

　　出院後，過往的舊習與生活馬上又綁住我，心裡的流浪計畫遲遲

無法成行。就在此時，文柏老師推薦了一本有趣的哲學書給我——《摩托車修理店的未來工作哲學》，讀畢後彷彿有一道閃電直貫我的腦門，強大的意念浮現在心頭：「理想就是在周遭的真實生活中實踐而得的！」

《摩托車修理店的未來工作哲學》作者馬修・柯勞佛（Matthew B. Crawford）以一位哲學博士的身分辭去智庫的工作，在機車修理店中找到自己生活的意義，他相信哲學不應只在書裡，哲學應該在生活中實踐，為此他倡導讓手工技藝重回人們的生活。柯勞佛在書中說：「**從事體力勞動時，我經常感受到一些能力和力量，我嘗試去理解這些能力和力量的更深含意，這本書就是在這個理解過程中逐漸成形的。**」這裡的體力勞動是相對於官方定義的「腦力勞動」。令我震驚的是：「體力勞動」更具知識性！而柯勞佛的感慨又是從何而起呢？其實只要看看我們生活周遭就可見端倪。試想：工具在我們的教育或生活中消失了多久？我們什麼時候開始不再動手使用工具？近幾十年的工業發展早已走向「隱藏工事」的工程文化，現在我們常打不開某些家用器具，可能是我們找不到螺絲的位置，因為它是一體成型的外殼，或是它必須要用一般人都沒有的特殊工具才能拆開。顯然現代工業文化並不鼓勵人們自己動手做或修理。於是越疏於使用工具，就越增加人們對器具的依賴：以前的人自己做，現在用買的；以前的人自己修，現在整臺換掉，或找個維修人員來，而維修人員更會因為某個微不足道的小零件壞了，就建議換掉整組器具。

這個凡事講究專業且分工多如牛毛的年代，人們不再有親自動手的「手工技藝」精神，認為和那些專家或工匠大師相比，我們

的技術拙劣不堪，既然這樣，又何必浪費時間自己動手呢？但是柯勞佛卻不這麼認為。他相信「動手做」至少有兩個理想：「有意義的工作」，和「自助」。這兩者都和「爭取個人行動力的奮鬥」有關，而這正是現代人長期缺乏生活意義的原因！怎麼說呢？不就是因為我們不再對自己的「工作」抱持榮譽，它與「我的努力付出」無關，它是個糊口的工作，無法為我追尋意義與成就感。由此可見「手工技術」遠超過你我的想像，它的意義直接與人類存在的價值相關聯。

這樣的行動力，重擊了我被學術領域範疇圈禁的昏聵之心。枉我常以哲學家自許，期望自己能在「究天人之際」與「通古今之變」之餘，期望有天能「成一家之言」。可是現實中，我早就迷失在繁瑣的生活網、困於哲學思想的狂妄自大，失去了思想與行動力。

回想幾年前因緣際會買了一把大提琴，為求名實相符，就請了一位老師，從最基本的樂理開始學習，身體力行地每天花兩至三個小時練琴。雖然左手手指上的繭越來越厚，指關節也因為使力不當而疼痛不已，但每次環抱大提琴，右手拉琴弓開始奏出音符時，那種內心的快樂，卻是無法用任何言語描述的。直至現在，雖然已不復當時的用功，但每執起琴弓，身體的節奏彷彿依樂章自然流洩，毋須思考，音符即躍然而出，與身體合而為一。麥可‧博藍尼（Michael Polanyi）在《個人知識》說：「所有的知識不是默會知識就是根植於默會知識，我們沒有辦法找到一種在默會知識外的知識，因為沒有一樣說出來、寫出來、或印刷出來的東西

不是來自個人的默會活動。」[2] 這就是博藍尼主張的「默會向度的優先性原則」。因此國內學者鄒川雄依此推論出「身心狀態」的重要性：

「從默會知識的觀點出發，知識的學習與吸收就不可能是直接移植，必須有一個『個人化』及『內在傳遞』的過程。在這個意義上，知識不再是一套形式化的命題或理論體系，（就純理論知識而言。）也不再是指一套明確化的程序或技術規則，（就應用知識而言。）而是指內斂於個體『身心狀態』的『素養』。這種素養正是學習者經年累月的實踐。把默會知識內化於身體及心智中，形塑出特定的思考方式與行動模式，亦即『慣習』。」[3]

對於身心狀態或習性的界定，可以是指稟性、存在方式、或是傾向、癖好，可以確定的是，身心狀態不是一般心理學或生理學上的「心智狀態」、「生理狀態」，而是具有認識論、方法論、甚至本體論的優位概念。[4]

由手工技術到身體化、再從身體化到默會知識、最後再從默會知識到身心狀態意義化。我回歸最原初的問題：「我還能做什麼？」在思索手工技術時，我知道了必須真正動手做，用身體與勞力實踐生命意義。唯有如此，自己的身心狀態才能重新找到定位。但

[2] 參見麥可‧博藍尼《個人知識：邁向後批判哲學》，許澤民譯，頁 225-247。
[3] 參見鄒川雄〈經典教育在高等教育中的意義：一個默會知識觀點〉，收錄於《通識教育與經典詮釋：一個教育社會學的反省》第一章，頁 22-23。
[4] 參見鄒川雄〈經典詮釋與默會身心狀態：做為經典教育的詮釋學基礎〉，收錄於《通識教育與經典詮釋：一個教育社會學的反省》第三章，頁 95-99。

府城街角的哲學香

是什麼樣的手工技術才能讓我重新安頓自己遊蕩的身心狀態？於是三年前的流浪計畫在我內心逐漸萌芽，曾那麼渴想的念頭，隨著生活的波折，雖然已經模糊，卻未曾自內心完全去除。經由思索這本《摩托車修理店的未來工作哲學》，它變得更清晰，喚醒了我流浪的心靈，更給了我瘋狂的念頭──在城市流浪，做個無拘無束的咖啡小販。於是腳踏車哲學咖啡的行動就此誕生。

腳踏車哲學咖啡行動

什麼是「腳踏車哲學咖啡的行動」呢？既然無法真正去遠方流浪，何不就在生活中流浪，因為流浪的真諦不在物理空間的變換，而在方寸之間體會天地的一切可能，並悠遊其變化中。我需要的不是大把的時間供我旅行到神祕國度，也不是用遼闊的空間驅趕我現實中的無奈，我需要的是一次心靈之旅，重啟被蒙蔽的哲學之眼，去看看真實世界與人生。雖然是在城市流浪，但我並不希望漫無目的，而是帶著某種信念實際行動，在城市角落裡分享並傳遞信念。所以我選擇以咖啡做為媒介，藉腳踏車、咖啡、書與哲學信念、一個人在府城這古都裡流浪。

而為何是咖啡呢？我酷愛咖啡一直都是朋友間熟知的，常常有朋友很認真地問：「如果一天不喝咖啡會怎樣？」好像我一天不喝咖啡就會發生什麼事似的。面對這些詢問，我常以玩笑的口吻回答：「不會怎樣啊，只是手會抖而已！」真實的情況當然不是這樣。咖啡是我生活的一部分，嚴格地說，咖啡是我生命的一部分。咖啡對我而言不只是飲品，更是種生活態度、生活哲學與生命體會，我甚至能透過它思索哲學和美學的密切關係。在咖啡中我找到了

「詩意的居存之所」。所以我常對朋友說：「把咖啡當做提神飲料，簡直是對咖啡的侮辱。」

　　常聽一般人對咖啡的看法是：「快睡著了，我需要一杯咖啡來提神！」或是「咖啡這種又苦又濃的黑色飲料有什麼好喝！」或者「咖啡不是苦的嗎，怎麼這杯咖啡是酸的？」……，這些看法都對，但也都不對。早期臺灣社會中，多數人所謂的「喝咖啡」不是指行為，而是指咖啡館中的氣氛、藉喝咖啡來彰顯社經地位、甚至摻雜著男女幽會的情愫。既然咖啡本身並不是人們現實生活中的要角，只是人云亦云、附庸風雅的工具，那麼對咖啡的品質要求自然不會太高，於是一杯價格不斐的咖啡，可能是用劣質咖啡粉沖泡的，演變到後來，一般人對咖啡的印象，就是酸苦的黑水了，非得要加糖及奶精才能入口。即使現在喝咖啡的人數已大幅增加，成為生活中常見的飲品之一，人們喝的多半還是罐裝或即溶咖啡，就算到連鎖咖啡店，點的也是加了糖及鮮奶的拿鐵或卡布奇諾，真正喝過「精品咖啡」[5] 或懂得喝「精品咖啡」的人，依然是少數族群。

　　所謂的「精品咖啡」並不是高價名牌咖啡或精品專櫃的商品，而是彰顯咖啡獨特性的過程。造成咖啡獨特性的原因很多，從地區、土壤、海拔高低、種植方式、到氣候環境乃至收成與處理過程，都有直接關係；而生豆的烘焙更決定性地影響著一杯咖啡真正的

[5] 「精品咖啡」（Specialty Coffee）一詞是由美國咖啡界的傳奇教母娥娜‧努森（Erna Knutsen）在 1974 年《咖啡與茶》（*Coffee & Tea*）雜誌中首次提出的。努森提出精品咖啡的概念，倡導同業提高咖啡品質，並重視各產地生產不同風味的咖啡，帶動了全球精品咖啡革命。

府城街角的哲學香

風味。沒有好烘焙，就不可能喚醒咖啡豆深層的靈魂；好的烘焙之後，我們才能藉由適當的沖煮法，將咖啡豆的風味呈現。因此精品咖啡指的是咖啡美學，每一個步驟與過程，都堅持著完美，於是一杯成本十幾塊的咖啡，不再只是苦澀的黑水，而是充滿驚奇的香醇黑色世界。所以品味乃至欣賞，並不只是有錢的人的專利，真正的意涵其實是根植於生活的用心良苦，透過實際製作，使精神昇華到美與感動。

就像蔣勳《美的覺醒》中談到人如何透過眼、耳、鼻、舌、身，喚醒對美的真正感受。他在〈味覺〉中提到一位品酒師的談話：

開始飲入時，會有各種豐富的味覺在口腔裡變化。這時必須知道舌頭的不同部位所嚐到、感受到的不同味覺，例如舌尖可能品嚐到甜味，兩側感覺到酸味，舌根部分苦味，然後會發現到酸、苦、或者澀的味覺跟質感在口腔內發生極其複雜的變化。[6]

這番談話充滿了豐富的味覺體驗，但他說：「人生何嘗不是如此！」於是我們發現，這位品酒師不只是在品酒，他是在品嚐生命的複雜滋味。有愉悅成功時的甜味、有失敗低潮時的辛酸、有巨大悲傷時的痛苦……，這些滋味最後混雜成生命的獨特味道。五味雜陳，指的就是這種從豐富到混雜的過程，很難再去形容它到底是什麼，因為它不再是味道，而是豐碩的生命記憶。

我在咖啡中找到相同的生命體驗與記憶，這就是我為什麼把精品咖啡看做是生活態度與美學的原因。任何貫徹生活理念並實踐

---

[6] 參見蔣勳《美的覺醒：蔣勳和你談眼、耳、鼻、舌、身》，頁58。

的人，不管是哪種行業，都值得我們尊敬，因為他體現了生活的意義，或許是畫糖的民俗技藝家、或許是賣滷肉飯的小吃店老闆，但是他們不講誇張空話、不耍弄空洞理論，盡心地將一勺勺滾熱的糖漿倒在鐵板上「畫」成各種活潑生動的圖案，把一碗碗熱呼呼的白飯淋上香濃的滷肉汁，盡心地將工作做好，在生活中實踐了生命最實在的意義，這樣的生活態度正是生命哲學，也達到了美學的境界，難道不值得我們尊敬嗎？所以我們不一定會尊敬那些達官貴人，也不一定羨慕那些富貴子弟，卻會尊敬每個認真生活，奉獻自己專業或生命的人。那些做大官、有權力財富的人，如果也認真活在真實生命的當下，那麼我也願投以相同敬重的眼神！一個總統可以對他的職責與義務認真、一個賣畫糖的民俗技藝家也可以對他的專業認真，他們在美學精神的實踐上是平等的。精品咖啡所呈現的也是這樣的精神與美感！它呼喚了我們對於人最基本的尊重：「回來做自己，把自己本分的事做好。」

　　對我而言，咖啡提供的正是「詩的思維」，它築造了一個沉思的世界，讓審美在生活中實現。所以我希望藉由咖啡，將哲學延伸到日常生活中。但怎麼做呢？去賣咖啡！以咖啡做交流，將哲學思想傳遞出去，也讓我吸取更多在地的生活哲學。但怎麼賣？開一家哲學咖啡館很符合我的理想，但所費不貲且失敗的案例甚多；加盟行動咖啡車也符合流浪的特質，但仍是一筆不小的投資；我腦海裡浮現幾年前曾在新聞報導中看到的腳踏車咖啡，對了！就改裝腳踏車，賣腳踏車咖啡吧！猶記多年前，我還是碩士班學生時，曾獨自前往臺中科博館，當時旅遊特展的展板上寫著的話，直到現在仍深深地烙印在我的心裡：「放下你的書本，穿上你的鞋子，出發吧！」對，去賣咖啡吧！

▌找回「機械人」的感覺

回到「動手做」這個概念，同樣違反了我幾十年來的生活模式。我出生在城市、成長在城市、求學在城市，總是以書本做為思想的主要來源，連油漆粉刷、簡單修繕、木工水電都完全外行的我，現在卻要開始動手改裝一輛腳踏車。長期以來我一直認為「動手做」是一件麻煩的事，也仰賴各行各業的專家，例如電腦壞了找資訊達人、汽車壞了找修車師傅。現在我知道不該再逃避，這是觀念和生活態度的轉變，是人生哲學的轉變。動手做吧！古希臘哲學家安納薩哥拉（Anaxagoras）也說過：「人因為有手而成為最有智慧的動物。」那還等什麼呢？

99 學年度第二學期即將結束，我開始著手規畫腳踏車哲學咖啡行動。雖然決定開始進行，但我其實一點概念都沒有。不過既然決定了，即使絞盡腦汁也要做到，而整個規畫的過程，彷彿又回到大學時光。

大學時期，對機械的靜力學、動力學、流體力學等，只是懵懂地跟著學校課程修課，不知道這些繁複的計算過程在未來有什麼用途。當然機械工程不只有這些純理論的公式計算，也搭配了工廠實習課程，在實習過程中，由車工、木工、鉗工、焊工、到鑄工，我也照表操課地完成，不過當時我實在有些瞧不起這些實習的內容，心想我將來是要成為機械工程師，而不是黑手。就這樣到了大三，開始修習一些比較實用的科目，例如機動學、汽車學、機械設計，我想這應該會讓我更了解機械工程吧，但是經過了整個學期，我還是沒有進入狀況，換言之還不是一個「機械人」（了

解機械運作、並且以機械工程為矢志的人），直到有一次，我的觀念產生大轉彎，開始有了「機械人」的感覺。

那是大三升大四的暑假，從淡水一路騎車到中壢，途中在桃園休息，我把機車停在路邊，靜靜坐在路旁行道樹下吃著包子。百般無聊之際，我一邊咀嚼，一邊把目光移到機車上。那是一輛野狼125，看著它裸露在外的引擎，看著它的進氣管閥、排氣管閥、油門、離合器、煞車來令片、避震器，突然間腦海逐漸把這三年來所有在機械工程系所學到的科目，對應到眼前的機車上，從學理到設計、各種金屬加工方法，都在這輛機車上浮現它們的用途與定位。那種豁然開朗的感覺，至今無法忘懷，彷彿過去所學，突然間匯集成一道清澈的河流，過去的疑惑與不解，也都得到了合理的解釋與答案。

現在不就面臨著相同的處境？過去所有的哲學思索、生命體悟，需要的就是那分豁然開朗的領悟。我相信「動手做」正是關鍵所在。

首先是改裝腳踏車。原先想找輛祖父級的「武車」來改裝，但周圍朋友沒有人知道哪裡找得到這古老車種，於是上網看拍賣，仔細看網路上的各種武車，不是太過老舊不堪使用，就是保存狀況雖好但售價不低。不得已只好打孩子那輛捷安特越野車的主意。老大倒是非常慷慨，二話不說就把他那輛平把越野車借我做為賣咖啡的腳踏車。就這樣，腳踏車有了。不過捷安特越野車不管怎麼看都不像是可以擔當大任的樣子，姑且不論骨架太輕，前、後輪的輪圈能否支撐重量也是問題，何況這輛車根本沒有後座貨架，

怎麼裝載賣咖啡所需的設備？沒關係，這些都難不倒我！仔細估算器材與設備的總重量，大概不會超過一個成人的體重，如果越野車能承載一個成人，那麼載重應該不成問題。至於後座貨架，只要到附近腳踏車行安裝即可，不會太費事。倒是整體骨架太輕，真的是根本的結構性問題了，只能小心地分配整輛腳踏車與後座貨架的配重，免得頭重腳輕而無法騎乘。

　改裝腳踏車完成了，（其實只是裝上後座貨架而已，不過我可是找來最堅固的鍛鐵結構貨架。）接著就是設計並裝配後座的吧檯與設備工具箱。雖然完全沒有這方面的經驗，但是上網參考了一些行動咖啡車的部落格和新聞，從這些介紹與相片中，我得到了一些啟發與靈感。於是，攤開紙張，拿出多年沒用的機械製圖工具，T尺、三角板、圓規，開始著手繪製我的腳踏車咖啡設計藍圖。根據構想，我需要小型的咖啡吧檯，這個吧檯除了能放置一具小型瓦斯爐外，還必須提供沖泡咖啡的空間；而且這輛行動咖啡腳踏車既然要獨立作業，就得有兩個工具箱或置物櫃來放置所有器材、小型瓦斯桶及水桶。（構想中，就是分置於後座輪圈的兩側。）構想既定，那就開始製圖設計吧！

　繪製藍圖的過程中，大學時期那個「機械人」的感覺逐漸回來了，原先只想畫個粗略的示意圖，可是一旦啟動了機械製圖的神經，就自然會周詳地考慮所有細節。於是除了整個咖啡吧檯與置物櫃的大小尺寸，我把木材厚度也列入設計的考慮因素，組裝時需要的螺絲定位與數量，甚至補強結構的L型角鐵與I型角鐵配置數量，都計算在整體設計內。經過幾個小時的思慮與塗改，一

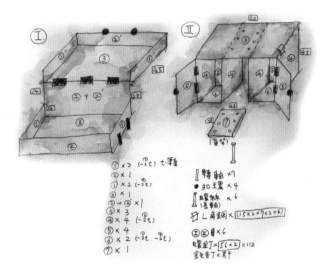

張非常不專業的咖啡吧檯置物櫃設計藍圖完成了（見本頁插圖）。我心想，若是被大學時期的機械製圖助教看到，一定會搖頭大筆一揮：「Repeat！」（還記得大二時，平均要用八個鐘頭來畫一張機械圖，每次助教發回我們的製圖時，心中總是在祈禱著千萬不要是 R。因為 R 代表著必須花八個小時再重畫一張。）

　　有了設計圖，我開始尋找適合的木材及裁剪尺寸。一開始想找的是硬質防水的木材，做為腳踏車後座咖啡檯，可是當我實際找到各種不同的木材時，突然警覺到硬質的好木材，重量是其他普通松木的兩倍，組裝完成的咖啡檯恐怕會超過捷安特越野車的負載重。於是我只得選擇質地較軟也較輕的木材做我的咖啡檯。（事

後證明這個選擇是對的，因為即使我已經採用了較輕的木材，腳
踏車還是有些不堪負荷，後輪的輪圈因過度的承載有些許變形。）
選購了適合的木材與尺寸，再到五金行購買相關的組裝零件，終
於開始要動手做了！

▎困難守恆定律

　　如同一開始所說，我真的不是個習慣動手做的人，雖然都規畫
好也安排好步驟，所有的材料零件也購齊，但是當我拿起電動線
鋸機，對準木材裁線時，還是稍微猶豫了。幸好中平老師一直在
旁給我信心，也給了我技術上的指導，（這臺電動線鋸機，也是
他特地借給我使用的。）讓我得以順利展開「動手做」。在此我
得花些篇幅好好介紹這位摯友。中平老師是政治大學外交系畢業，
臺灣大學政治研究所碩、博士，平時就喜歡動手做各式各樣的實
驗，對音響與電子器材特別有天分，組裝音響與配置管線早就如
家常便飯，若是音響設備故障，他也能檢測出是哪個部分壞了，
（其實他拿出三用電表檢測前，光是聽音響的聲音，就能大致猜
出可能是哪個環節故障了。）拿起焊槍更換各式零組件，對他而
言也是輕而易舉，所以每當我的音響故障，我都直接找他。相較
於我這個理工出身的人，他更像是工程師。所以我們兩人經常彼
此調侃，我總是說他當初念的應該是「政治系電機組」，而我也
被他嘲諷為「機械系哲學組」。兩人湊在一起，就產生更多腦力
激盪，像這次的腳踏車咖啡行動，中平老師一直在旁默默地提供
許多構想與實務經驗，甚至出借各種器械讓我使用。（對他而言，
收集各種手工器械，是他的嗜好，他曾說過他希望有一間美國家

庭般的寬敞車庫，整面牆都掛滿了各式器械，他還希望這間車庫裡能有一座車床或銑床。）

經過精密的計算與實際操作後，我終於將整座咖啡吧檯與車架兩側置物櫃完成了。當我擰上最後一根螺絲時，整個人鬆了一口氣，突然間所有的疲倦與痠痛全部湧現，我坐在一旁的椅子上，半天說不出一句話，感覺到手背與手臂上的幾處傷口與血跡。雖然如此，當坐在一旁靜靜地看著這兩個大木箱時，還是掩不住滿心的喜悅與激動，這畢竟是我一手打造完成的，從設計藍圖、採選材料、鋸裁到裝釘組合，幾乎不假手他人。也應了一句俗話：「自己的孩子怎麼看都好看。」雖然整座咖啡吧檯與置物櫃看來有些粗糙，沒有精緻的美感，但非常結實、堅固。

稍微回復力氣之後，我就迫不及待地把兩個大木箱安裝到腳踏車後架上。這時終於碰到第一個瓶頸。繪製設計圖時明明量過腳踏車後架的尺寸，也考慮到後輪兩側的置物櫃間距若小於後架寬度，會無法安裝至後座，所以我還特地放寬間距預留彈性空間，誰知道當我要安裝時，後架與置物櫃間的寬度，還是相差了 0.5 公分。天啊！這難道就是傳說中的「困難守恆定律」嗎？（就讀物理研究所碩士班時，由於碩士論文的研究過程屢屢遭遇一些非預期的困難，當時的指導教授曾開了我一個玩笑，說這就叫「困難守恆定律」，每解決一個困難，總是會再產生另一個新的困難。）明明所有的尺寸我都精算過，怎麼就相差了 0.5 公分呢？就在想不透原因與自怨自艾時，我突然意識到「動手做」的哲學，除了事前詳盡規畫與實際操作外，本來就應該包含過程中非預期的困難與解決才對，這有什麼好意外與自責的呢？停止了自責與「為什

麼會這樣?」的想法,我得正視眼前的困境。眼前的事實是後架
比置物櫃間距多了 0.5 公分,解決的方法其實很單純,就是想辦法
擴大置物櫃間距的寬度,讓它多出空間就行了。拆掉置物櫃重新
組裝固然可行,但我實在不願意重新再來一次,於是我想:「不
就是 0.5 公分而已,置物櫃兩側的木板厚度削薄一些,應該勉強可
以騰出空間吧!」二話不說開始動手削。不過手邊的工具實在不
順手,僅憑一把美工刀要削出 0.5 公分的空間,實在比我想像的難
太多了。就在絕望之際,突然間靈光一閃:「為什麼我只想把置
物櫃的間距擴大,難道就不能把貨架的寬度縮小嗎?」由於改裝
貨架時,我特別選了鑄鐵材質,結構上的確非常堅固,是否可行
我也不確定。我嘗試拿出鐵鎚裹上毛巾,將腳踏車放倒後用力地
鎚打貨架兩側,沒想到效果出奇的好,貨架的寬度明顯地縮小。
鎚打了十來下後,我重新將置物櫃安裝到後座,竟然非常順利地
一次到位。哇!內心的那種喜悅,真的無法言喻,原來克服困難
之後的成功滋味是如此甜美,這與我以往靠精密計算以求平順完
成工作的心境完全不同,而且這次的解決方法竟然是我平時最不
可能思考的方向:使用蠻力。真是一次非常有趣的經驗。

▎哲學咖啡的誕生

　　腳踏車改裝完成了,現在它就靜靜地停在車庫裡,看上去有些
笨拙,似乎不是那麼好騎。在家附近的空地稍稍試騎幾圈,馬上
就感受到前後輪之間的配重有些不均衡,但還在可控制範圍,我
已經非常滿意了。接下來當然就是思考如何賣咖啡。我這個理工
出身又喜歡邏輯思考的人,當然會把這次腳踏車咖啡的整體流程

通盤想過一遍，然後製作出一份行動腳踏車咖啡的操作手冊與流程圖，依照操作手冊列出所有相關的器具清單。

　　首先，我決定此次行動主要以手沖咖啡為主，原因有三：一是實際層面的考量，腳踏車能承載的東西實在不多，而且騎乘過程不利於放置易碎器具，加上沒有額外電力或動力來源，所以義式咖啡機與虹吸式咖啡壺，馬上就從清單消失，剩下的就只有摩卡壺[7]和手沖式兩種。第二個原因是考量到行動腳踏車咖啡的特色。摩卡壺雖然有造型上的優勢，但在沖煮過程中，完全沒有讓咖啡客參與及欣賞的價值，所以也被剔除。反觀手沖式咖啡在整個沖泡咖啡過程中，不僅能展現沖泡咖啡的優雅與透明感，（當然，虹吸式咖啡更能展現此一特色，可惜的是它太多玻璃材質，稍一不慎就容易碎裂。）甚至可以讓咖啡客參與磨豆或親自手沖，相信能增添不少喝咖啡的樂趣。至於第三個最主要的原因，就是我個人偏好手沖式咖啡，雖然沖煮咖啡方式各異，也都各有其優缺點，（例如有些咖啡客偏好咖啡的香氣，那麼他就可能會比較喜好摩卡壺或虹吸壺；如果是偏好濃重的口感與咖啡中特有的油脂，那麼義式咖啡一定是首選。）但是自從八、九年前第一次喝到手沖咖啡後，就完全著迷於它的香氣與喉韻，那是靠著沖泡者在咖啡中展現的控制力：水溫、水流速度、與手感穩度。藉此沖泡者可以品嚐到真正屬於自己的咖啡，於是看似簡單的手沖咖啡，卻

[7] 摩卡壺是義大利傳統的咖啡壺，又稱義式摩卡壺（Moka Express）。從名稱來看，大多數人會以為它與花式咖啡中的摩卡（Mocha）咖啡有關，其實前者是咖啡沖煮方式，後者則是在義式咖啡中添加巧克力或可可而成的花式咖啡。摩卡壺源於 1933 年，由義大利阿爾萊索·比爾萊迪（Alfonso Bialetti）先生發明，因為比爾萊迪先生所發明的這款咖啡器具命名為「Moka」，與「Mocha」的字音相同之下造成混淆，讓許多人誤以為使用這款咖啡壺就能煮出摩卡咖啡，或以為此款咖啡壺專煮摩卡咖啡。

府城街角的哲學香

能展現咖啡中最不簡單的品味。既然決定了沖泡咖啡的方式,當然就是決定購買咖啡器具了:手搖磨豆機、手沖壺(附溫度計)、濾杯、濾紙、量杯,都是手沖咖啡必須的工具,其他像紅外線瓦斯爐、水桶、咖啡紙杯等,也都是必要的。

而在腳踏車咖啡行動中,應該賣哪些咖啡呢?這些咖啡必須是我熟悉的口感與風味,才能藉咖啡的交流與顧客有更多的互動,甚至是推廣精品咖啡中那種純黑咖啡的獨特魅力。基於降低成本,所有的咖啡熟豆都是我親自烘焙,(烘豆機是由中平老師提供,在這次的腳踏車咖啡行動中,中平老師是我幕後最大的支持者,就連咖啡豆都是在他家的烘豆機中完成,所以我常戲稱他是我的「上游供應商」。)所以我也必須熟悉這些咖啡豆的烘焙與特性。當然,咖啡豆的價格與一般咖啡客的接受度,也列入考量。最後我挑選了三種咖啡豆做為此次腳踏車咖啡的主打商品,它們分別是衣索比亞的耶加雪夫、巴拿馬的卡門、蘇門達臘的曼特寧。熟悉精品咖啡世界的讀者看到這三種咖啡豆,一定馬上明白。沒錯,三種咖啡分別產自非洲、中南美洲、及亞洲,這是地域均衡;耶加雪夫口感偏酸、曼特寧偏苦、卡門則取其酸與苦之間的平衡,這是風味考量。這樣的組合與搭配,當然是希望讓偏好各種不同風味的咖啡客,都能選到適合的咖啡。

一切準備完成,好像可以開始行動了。慢著,我的行動腳踏車咖啡是不是需要一個響亮的名字與招牌?沒錯,無論是名字、口號、還是行動,一切都必須回歸到最原初的哲學思想,那就叫「哲學咖啡」吧!想通了這層關係,我要在招牌上註明:「哲學系學生免費」,除了能嘉惠哲學系學生,另一方面也推廣哲學,更重

要的是吸引所有對哲學有興趣的咖啡客到我這個小小的腳踏車旁，一起暢談哲學思想。越想越覺得這是一個有趣的名字與口號，就讓哲學與咖啡在我這輛小小的腳踏車所構築的場域裡相遇吧！

漫長的等待之後，該出發了。期待改變並擁抱不同的生命、期待迎接不一樣的生活與接觸各式各樣的人，對此次腳踏車咖啡的行動，我有著許多期待，但是我明白，必須從自己動手做開始。如同美國總統歐巴馬在就任演說中所言：「期待他人或等待未來，改變將永難實現。我們自己就是我們等的人，我們自己就是我們尋找的改變。」相信夢想和內在的力量，在這場小小革命中，鼓起勇氣從自己做起，拋下世俗定義的成功、也不追究是否合乎經濟價值，我相信「生命因為實踐的勇氣而活得精彩，而且值得！」

這是一場關於我的寧靜革命，雖然並不打算藉這次的腳踏車咖啡行動去影響任何一個人，但是我熱情邀請每一位對咖啡品鑑、美學感悟、哲學思索、甚至對生命追問，有著無限想像的讀者，共同進入我的哲學咖啡世界，跟我一起進行這一趟奇特的哲學咖啡之旅吧！

府城街角的哲學香

15:00 準備器材

15:30 出門去

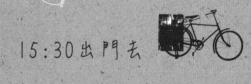

鐵馬咖啡日記

 16:00赤崁樓設攤

 20:00收工回家

 18:00轉戰海安路

2011/7/8

上路，賣出第一杯咖啡

微風無雨的夏日午后，我的腳踏車行動咖啡悄悄上路了。沒有熱鬧的親友團送行，也沒有特殊的儀式或過程，就在與父親的對話間：

「我走了！」

「騎車小心！」

語畢，我小心翼翼踩上這輛二星期才完成改裝的行動咖啡腳踏車，緩緩滑出車庫，平靜地將車子騎上馬路。已經有多年不曾騎腳踏車了，加上後車架載滿了器具，剛開始我還擔心會摔車或把後座的器具甩落。但踩上踏板後，我反而像是遇見多年不見的老友，雙手穩定有力地控制握把，腳也自動地配合著車

府城街角的哲學香

行速度。騎腳踏車的親切感油然而生。於是，當我察覺迎面而
來的微風，並深吸一口氣時，已經穿梭在臺南古都的街道上了。

　　一路行經成功大學、彎過小東路公園、再轉進林森路，心想：
在哪裡落腳開始我的哲學咖啡呢？念頭不斷地轉，回想對臺南
街道的記憶。就在猶豫不決中，我忐忑不安地騎到誠品書局外
的小公園，人潮雖不多，卻充滿書香氣息，似乎就是心中理想
的人文咖啡地點。好，就在這兒吧！

　　落腳就定位，煮開熱水，把泡咖啡的器具擺置妥當。我非常
清楚這是第一天，也沒有宣傳，生意大概不會太好。於是我做
了長期抗戰的準備：先泡一杯耶加雪夫犒賞自己，再把近來閱
讀的《馬勒傳》拿出來，坐上準備好的露營椅，打算邊喝咖啡
邊閱讀地等客人上門。誰知道，這一等就坐了一個多鐘頭，就
在我逐漸被馬勒的維也納之行吸引時，一位略帶臺語腔調的男
性輕聲問：「你在賣咖啡嗎？」抬頭看，一位打著赤膊，手拿
汗衫的伯伯站在腳踏車旁，是一位相貌樸實的長者，說話客氣，
帶著些許羞赧，一番交談後才知道，他是今晚大東夜市的攤販。

哈！原來是同行。伯伯表明平時有喝咖啡的習慣，但都是買便利商店或連鎖咖啡的咖啡，這樣子買腳踏車手沖咖啡，對他來說還是頭一遭。就這樣，我賣出了生平第一杯咖啡，要不是他匆忙地要趕回去擺攤，真想請他與我照張相留念。

伯伯走後，我還停留在剛才的悸動中，久久不能自已。雖說這次的哲學咖啡行動，志不在賺錢，（當然，能回本更好。）而是希望能深刻體會生活與認識生命，實際驗證哲學的理路，不過當我以些微顫抖的手遞出第一杯咖啡時，還是難掩心中的激動。克服了羞澀不安時，也知道自己克服了讀書人的迂腐與傲慢。深吸口氣，抬頭仰望藍天白雲的緩緩移動，樹梢上的葉片正隨著夏風起舞，閉上眼，人生的千姿百態、自然的大化流行、宇宙的深邃幽微，彷彿都在我眼前運行。這一切是在我賣出第一杯咖啡後，心裡逐漸醞釀發酵的生命體會。謝謝你！不知名的伯伯。

2011/7/10

雨中的狼狽和豪情

一對夫妻帶著女兒行經我的腳踏車旁，他們被招牌上「哲學系學生免費」的字樣吸引，就與我攀談起來。原來他們的女兒今年聯考，第一志願就是臺大哲學系，難怪哲學的字眼吸引他們。就這樣，我們以哲學為話題，聊到邏輯、也聊到國內幾位知名的哲學老師，他們說我就像學哲學的。有趣的是，他們以為我在招牌上寫「哲學系學生免費」的原因，可能是因為大學追求過哲學系的女孩，經我解釋是基於對哲學的喜愛，他們又認為我是哲學系的學生，哭笑不得之餘，也不好再解釋些什麼了。

*　　*　　*　　*　　*

午后天氣變化多端，當我意識到烏雲逼近、日光黯淡得無法

閱讀時，空氣中的水氣已經非常濃密。心想：「快要下大雨了，今天就這樣回家吧。」於是趕緊收拾咖啡車的各項器材，將咖啡豆、咖啡壺、熱水壺、瓦斯爐、濾杯等器具就定位。

小小一輛腳踏車要放這麼多東西，其實需要規畫安置順序與擺放空間，即使我知道大雨會隨時落下，但還是得照各項器具的空間擺放，不然箱子不僅蓋不起來，器材可能還會掉落一地。

就在我手忙腳亂時，斗大雨點已經開始滴落，而且越來越密，等我蓋好箱子、綁好招牌與露營椅預備逃離時，已經成了落湯雞。眼前只見迷濛的傾盆大雨。這時已容不得我細想，趕緊騎上腳踏車往最近的騎樓駛去。一陣慌亂後，我全身溼透地站在騎樓下看著這場突如其來的午后雷雨，一股仰天大笑的衝動油然而生。（顧及騎樓裡還有其他人在躲雨，只好忍住！）真希望我的朋友們能看到我現在的狼狽樣，然後我為大家泡上幾杯咖啡，在大雨滂沱的情境中，笑看人生百態。

順著靈感走下去

兩天的雷雨過去，今天仍是烏雲密布。腳踏車在車庫裡賦閒，我站在窗邊凝望遠處的黑雲，心想：該做些什麼呢？好吧，就來整理這幾天的見聞及隨手筆記的心得，或許也可以試著構思這次的哲學咖啡行動，寫成書，留做未來的記憶或分享給所有喜愛咖啡與哲學的朋友。

聽著史塔克演奏的無伴奏大提琴，我在電腦前打開這幾天的隨手札記，閉上眼睛，回到幾天前坐在誠品書局外的情景。霎時間思緒澎湃，鍵盤喀喀作響，不到二小時就完成了這幾天的日誌。原先只想把札記內容輸進電腦，誰知在過程中更激發了原本未曾有的靈感，讓我不禁想到許多文學家不只一次地告訴我們：「順著你的筆走，會發現你的思緒裡蘊涵著更多你所不

知道的寶藏！」

　　有趣的是，當人們年齡漸長、教育程度越高、知識水準越專業化，想像力似乎卻越弱。因此兒童的想像力被認為是最豐富的。從心理學研究中可知：兒童的諸多思維模式尚未成形，思想的限制與規則比大人們少，因此有了豐富想像力。可惜的是，兒童的思想自由度隨著社會歷練增加而逐漸減少，他們的想像力也就日益退化了。

　　於是，創作的想像被邏輯逐步取代，文句也越來越工整，內容越來越一致。例如「詩」是語言藝術的最高位階者，也是自由的表徵，它本來是不受限文字形式的限制，但隨著人類文明高度發展，我們發現詩也越來越精緻與學術化，變得不自由且益發無趣。

　　文學的創作是什麼呢？是誰讓作文成了可以用分數評斷的考題？是誰讓文學創作成了文學獎、出版補助和研究？或許，我們應該讓原始的自由心靈帶著它去走走！

抬頭看向窗外的烏雲，（其實今天根本沒有雨，真的是應了一句「雷聲大雨點小」的俗語。）再看看這二小時的打字成果，真有那麼點「晴耕雨讀」的況味。想起多年前，我正在攻讀博士學位，陳冠學先生所著的《田園之秋》，陪伴我走過博士論文的瓶頸低潮，內容描述了作者放下人間繁華、回歸田園生活，猶記那時我曾對這樣的生活嚮往不已，如今我也用另一種不同的方式體驗著，真不可思議。

　府城街角的哲學香

2011/7/18

烘豆日

每當我將腳踏車器具設備安置妥當，準備出發前往之際，天空就開始烏雲密布，接著颳起大風，下起又急又大的雷雨，屢試不爽。更奇怪的是，早準備就早下雨，晚準備就晚下雨。有一天剛吃過午飯，我看天氣還可以，就想早點出門，就算下雨應該還來得及找避雨的地方，於是著手準備，果不其然，天空開始被黑雲籠罩，接著就下雨了。好氣又好笑的是，隔天想觀察氣候再決定出門，結果直到下午四點多，天空雖有些雲層，但就是不下雨，心想：「再等下去就太晚了。好吧，賭賭看！」於是又開始準備，說也奇怪，過沒多久又下雨了。就這樣，每天都進行「天人交戰」，眼看著上次在中平老師那裡烘的咖啡豆都快過二週的最佳賞味期，心想這樣的咖啡豆不能再賣了，索性把這些豆子冷凍起來自己喝。但咖啡豆不能斷糧啊，乾脆

今天不去賣咖啡，到嘉義找中平再烘些新鮮豆子！

＊　　　＊　　　＊　　　＊　　　＊

到嘉義找中平，準備再烘三爐咖啡豆。照例是曼特寧、巴拿馬及耶加雪夫，上次進豆子時就是這三種，只好委屈我的客人只能從這三種咖啡豆挑選了。

不過今天的烘焙過程與上次有些不同，可能是連日大雨，造成空氣中的溫溼度變化，所以每爐的烘焙時間都比較長。看著烘焙紀錄曲線，心想：「不知道這次烘焙的結果如何？耶加雪夫還能像上次一樣微酸中帶甘甜嗎？巴拿馬一、二爆的時間間隔似乎不太夠，會不會會喉韻稍差？曼特寧烘到二爆密集，會不會煙焦味太重……？」種種心情就像是學生考完試，等待宣布考試結果。可是烘焙完成的咖啡豆又不能馬上試喝，因為它還需要三天以上的「養豆」階段，那種等待真是讓人內心煎熬啊！雖然學習烘焙咖啡豆也有五、六年的時間了，（從最原始的熱風機、半直火的電熱爐、到現在的瓦斯爐烘豆機。）但是

每次烘焙的心情都不一樣：烘焙完成、養豆、品嚐第一杯咖啡，整個過程非常奇特，難以言喻。這大概就是咖啡迷人之處！雖然有不少人想要測量咖啡的烘焙與沖泡方式，甚至希望量化口感與評分標準，但是它仍有不少個人的主觀與不可控制的因素，雖可以有一套標準作業流程，但每次烘焙與沖泡，是不可能完全量化的，它有自己的規律，也有不確定性。

等吧！我想喝到第一杯沖泡出來的那口幸福時，所有等待與煎熬都值得了！

勸客人不要買咖啡？

連下了一星期的雨，整個人都快發霉了。上午還在下雨，午后天空總算放晴，心境也逐漸開朗起來。今天是臺南武廟觀音菩薩得道升天的日子，聽說武廟特別邀請明華園歌仔戲團來，相信今天的武廟與赤崁樓附近必定人山人海。好！趁著有晴空與人潮，決定再度啟動我的腳踏車行動咖啡。

　　到了赤崁樓附近，我開始尋找適合的地點。就在赤崁街與民族路的轉角處，有輛「畫糖」的電動三輪車，旁邊好像還有空位，但我實在一點擺攤的經驗都沒有，（在誠品書局外也只擺了二天，賣出了二杯咖啡，然後就一直下雨到今天。）也不懂是否有江湖上的規矩或「眉角」，於是我很心虛地把腳踏車騎到畫糖攤位旁，用禮貌的口吻向這位畫糖老闆詢問：「老闆，

請問這個地方可以擺攤嗎？」

「可以啊！」老闆看了我一眼。

「我是第一次到這裡擺攤，是不是可以向您請教？希望不會擔誤您的時間？」我很誠實地說。（我一直相信誠實是最好的策略，何況我看起來就是菜鳥，就算想裝老練也裝不來，趁著現在人潮還沒開始，目前也無人光顧他的生意，趕快問一些重要的事。）

「什麼事？請說，不用客氣。」老闆的口氣也似乎和緩許多。

「這個地方，警察或臺南市文化局的管理人員會不會趕人？」

「不一定，白天不要擺到民族路這邊，晚上就沒關係了。」老闆倒是很爽快。

「那您在這裡做生意多久了？」我好奇地問了一下他的背景。

「二十多年了。」他略顯感慨地說。

「那您一定經驗豐富，以後我再向您多請教。」我真心地希望向他討教。

「沒關係，沒關係！大家出外做生意，互相啦！」真的是很客氣的一位先生。

於是我把腳踏車停在電動三輪車旁開始準備。其實我邊忙著擺攤，還邊默默打量「畫糖」老闆和他的攤子。那是輛改裝的機車，上面有遮陽避雨的小車頂，由於老闆是身障人士，所以原來的座位也改成一個狹小的平臺，做為老闆的活動空間，上頭掛滿了他的作品與生財工具。想到鄉里市井間處處臥虎藏龍，對這位「畫糖」老闆不自覺地肅然起敬。

＊　　　＊　　　＊　　　＊　　　＊

安置妥當後就等客人上門了，沒多久人潮開始湧現，許多機車停在人行道上，也開始擠壓到腳踏車旁，我的腳踏車就像是

三明治的夾層般隱沒在車陣中。相較於之前在誠品書局外公園的冷清，這種壓迫感也算是新奇的體驗。

　　一位婦人騎著機車在人行道找停車位，發現有個狹小的空間可停，但她為了調整左右車間隔，費力地挪動其他機車，我本能地上前幫忙搬動，讓她的車子能夠順利停進車格。這位婦人向我道謝之餘，看到了我的腳踏車咖啡及招牌，就問：「你是在賣咖啡哦？」

　　「是啊！」心想妳不是已經看到了，但我還是很有禮貌地回答。

　　「那我跟你買一杯好了。」

　　婦人約莫六十歲上下，不像平常有喝咖啡習慣的人。我想她應該是一位頗富人情味的長者，為了向我道謝而買這杯咖啡，我不過是舉手之勞，何必讓她破費，而且現在已經晚上七點多，如果她沒有喝咖啡的習慣，這杯咖啡可能會讓她睡不著，那就罪過了。於是我禮貌地問：「您平常有喝咖啡的習慣嗎？要是

沒有，我怕您喝了會睡不著哦！所以您不買也沒關係，不用這麼客氣啦！」

「對哦，喝咖啡會睡不著，少年仔，謝謝你，那不買沒關係哦，謝謝！」她有些不好意思地說。

我目送她離開。有趣的是過沒多久，有一位婦人一樣受我幫忙挪車，也要向我買咖啡，同樣地被我勸退。臺南果真是個饒富人情味的文化古都。

＊　　　＊　　　＊　　　＊　　　＊

等了許久，不見有客人上門，我自顧自地看書，身旁突然有個身影出現並敲了敲我的腳踏車，抬頭一看，有一位頭載安全帽的婦人站在我的腳踏車旁。她沒說什麼，只示意要買一杯咖啡，神情冷淡了些，大概認為就是向路邊的小販買杯咖啡的交易罷了。我也不以為意，為她解釋三種咖啡豆的特色，問她要那種咖啡。但是她只是隨意選了耶加雪夫。（看來真的不像是喜愛喝咖啡的人，對我的解釋也不感興趣。）

　　我把沖泡好的咖啡遞到她面前，她問：「多少錢？」

　　「六十元，謝謝！」她從皮包裡掏出一張千元大鈔給我，示意我找錢。賣了這些天的行動咖啡，第一次碰到要找千元鈔的情況，不過，我早就想到這種情況了。其實，我並沒有準備一大堆零錢，像個生意人那樣在腰上扣著一只腰包，擺放各式零錢方便找錢，而是打算只要碰到找不出零錢的時候，我就請客。

　　「哇！我沒有零錢找您耶，這樣吧，這杯咖啡就算我請的，不用錢。」我說。

　　「那怎麼可以！」她不好意思地說，第一次看到她臉上終於有了表情。

　　「沒關係，沒有準備零錢本來就是我不對。」我也很客氣地說。

　　「那你等我一下！」她轉身邊走邊說。只見她跑到對面騎樓的店面換零錢，滿頭大汗地把六十元交到我手上，然後匆匆騎

機車離開。

　整個過程有些戲劇化，前半段好像是我在演獨角戲，她愛理不理；後半段主客易位，她忙進忙出地換零錢，我則端著一杯不知道算不算賣出去的咖啡，看著她跑來跑去地傻等。

*　　　*　　　*　　　*　　　*

　由於我的腳踏車幾乎隱沒在機車陣裡，加上我坐在低矮的露營椅上，路上行人若不仔細看，可能察覺不出我這輛腳踏車的存在。但是，當我坐在露營椅上攤開筆記振筆疾書之際，一位中年男性的聲音打斷了我的思路：

　「你是在賣咖啡？」

　「是啊！」我闔上筆記，站起來回答。

　「那你是用什麼方式泡咖啡？」他問。

　「手沖式！」我心想：「賣了這些天的咖啡，總算碰到一位

　府城街角的哲學香

行家了。」

「為什麼不用虹吸式，不是萃取比較完整嗎？手沖式的味道比較淡。」他問。

「虹吸式的咖啡雖然較香，萃取也較完整，不過口味上比較單調，可能無法煮出一杯咖啡中的多層次口味。手沖式就不同，它可以藉水溫、研磨度、水流及沖泡手法的操控呈現多樣的風味。」我想這是行家，回答得比較謹慎。

聽了我的解釋，他還是認為虹吸式也可以呈現我說的層次感且風味更好，但是他仍很禮貌地同意我的看法。我也向他坦承腳踏車咖啡的設備，較不方便使用虹吸式。於是我們就這樣站在腳踏車旁聊起咖啡。

言談中得知他在溫哥華經營過一家咖啡館，用的就是虹吸式。難怪一問就切中關鍵，我也從他的咖啡經驗中驗證了不少對咖啡的想法。我們一直聊了一個多鐘頭，直到雨滴落在臉上，才驚覺下雨了。不過他一副意猶未盡的樣子，似乎不想理會這

可能的大雨，繼續聊下去。但是我可沒有他的定力，我還有一攤咖啡車要顧，心裡真急啊！（根據一個多禮拜的經驗，通常都是大雷雨。）最後只好說：「可能會下大雨，下次有機會再跟您好好聊。」

　　邊跟他道別邊收攤，結果還沒收拾完雨就無情地落下了，急忙快速安置各項器具，停到最近的騎樓。結果我又再一次成了落湯雞，全身狼狽地站在騎樓躲雨。

　府城街角的哲學香

2011/7/21

創下單日最高銷售量

今天終於完全放晴，下午我踏上行動咖啡車落腳赤崁樓。看到畫糖老闆，就非常恭敬地泡了一杯曼特寧請他，順便向他請教擺攤的一些眉角。誰知這位老闆果然是性情中人，滔滔不絕地向我說起他二十多年的生意經。（一杯咖啡就賺到了二十多年的經驗，真是太值得了。）

下午的生意出奇的好，接連幾位客人，讓我有些應接不暇，所幸客人們也都很有耐性，順利地賣出了六、七杯！忙到告一段落時突然想到：天吶！已經創下單日最高銷售量了。（之前都是一天一杯！）

生意好，花絮自然也多：

　　先是對面「度小月」的老闆特地跑來參觀我的腳踏車與咖啡器具。他非常自豪地說，他都是買德國進口咖啡豆自己在家烘焙。不過德國並非咖啡產地，我想他買的應該是配方豆，而且我一問才知道，他是拿家用烤箱進行烘焙。正打算要好好為這位老闆解釋一下咖啡豆的產地、各種豆子的特性、及正確的烘培方式，但見他一臉自豪的模樣，實在不忍戳破他的美夢。心想：「可能還會在這裡擺攤一陣子，等交情夠了再說吧！」

　　過沒多久，幾位大學生路過，看到我的招牌「哲學系學生免費」，都走過來問我原因，而且還和招牌合影留念呢！接著「度小月」老闆的女兒也過來買咖啡。她是一位就讀大一的清秀小女生，暑假在家幫忙，她非常有興趣地問了一些哲學問題，以及大學校園的事。結果她突然說：「你是老師對不對？」聰明的小女生！

　　下午有一位滿身酒氣的老先生走過來與我攀談，聊了一陣子後，說我談吐不俗，不像生意人，然後就要幫我測字，我笑而不答，還好他也不堅持。只見他談起命理是越說越起勁，我客

氣地和他聊著，隔壁畫糖老闆頻頻向我使眼色，暗示不要太理會這位先生。我就說：「先生，我還要做生意，可能沒辦法繼續聊了，不好意思。」我轉身佯裝整理腳踏車的咖啡器具，不再理會他。雖然他還想跟我說話，但看我不再理會他，只好悻悻然離開。事後畫糖老闆說：「這裡的人很複雜，不要太熱情，不然可能會有些後遺症。」

無獨有偶地，另一位頗有江湖氣的老先生，也走到腳踏車旁，端詳了我好一陣子，帶些挑釁地說：「這樣子也能出來賣哦！這臺車裝潢有好幾百萬哦！賣得怎麼樣？」我小心應對著：「現在時機不好，小本經營，剛開始出來賣，生意不好啦。」還好，他也沒再說什麼就走開了。

有一位老婦人一直在附近徘徊，多次經過我的腳踏車，她微笑地向我打招呼，我也禮貌地點頭回應。幾次後她就站在腳踏車旁跟我說話。言談中她似乎也是受過教育的長者，（她說自己已經七十多歲，真看不出來。）對哲學也很稱讚，誰知談到最後，她竟開口向我借三十五元。我內心中萬分掙扎，三十五

元是小數目，但是否會引來無窮後患，才是我擔心的。

　一對父子走過腳踏車旁，（父親看似學者，兒子約三十歲，二人均頗富文人氣質。）雖然我正在與另一位客人談話，還是注意到兩人，看起來應該是住在附近，下午出來散步。可惜我也忙，無法給他們微笑或招呼。人生就是這樣吧，常常與一些人失之交臂，但也常常與人不期而遇。就在我這麼想的時候，他們竟然回過頭來，稱讚我的腳踏車咖啡有創意，也說我不像生意人，應該是玩票性質的。（自從我擺攤以來，不知道是第幾位跟我這樣說了，大概是看出來我賣咖啡的樣子還不夠專業吧！）這位父親問起我賣咖啡的原因及與哲學的關係，我想對方應該是文化人，我也不宜隨便搪塞。我說：「我的興趣一直在咖啡與哲學，這個暑假希望藉由咖啡，來進行哲學的生命體驗。」讓我驚訝的是在旁一直沒出聲的年輕人竟然脫口說：「你是大學教授對不對？」實在不願說謊，只好笑笑地點點頭。接下來的對話就回到學術界了，例如：在哪個大學任教？教什麼啊？研究領域呢？哲學課程是什麼內容？雖然這些話題對我是

那麼親切熟悉，平時我也喜愛談哲學問題，但似乎不是此行目的。（隔天這位年輕人專程來找我聊天，才知道他是臺南市一所國中的老師，東海大學社會系畢業的高材生，於是話題又圍繞在傅柯、德希達、韋伯等社會學家的理論上了。）

2011/7/22

前往海安路

今天仍在赤崁樓擺出我的腳踏車咖啡攤，賣出了三杯，不過都是觀光客，不像是喝咖啡的饕客，大概是看到腳踏車咖啡，出於好奇買來喝喝看，我也僅客套性交談了幾句，說不出有什麼感想。倒是其中一位客人說到臺南景點時，提到海安路的那片藍牆，勾引了我也想到那裡擺攤的興趣。

鑑於前兩天傍晚，人群雖然不少，卻幾乎沒有人買咖啡。我稍微分析了一下：可能是入夜後，許多人考慮到喝咖啡會影響睡眠，所以買咖啡的意願大幅降低。我決定傍晚轉移陣地到海安路，我心想：「那裡原本就是臺南市的露天咖啡街，許多喝咖啡的人士平常就會聚集到那裡，我一定可以在那裡認識更多咖啡友。」

　　於是我來到海安路的藍牆，在不遠不近的人行道上將腳踏車安置落腳。（太遠沒有人潮，太近又怕壞了遊客拍照的興緻。）

　　果然，沒多久就有客人上門，（一行四人，其中有一位明顯是日本人。）原本點了三杯曼特寧，經我推薦後，其中一位改點耶加雪夫。其實多數臺灣咖啡客已經習慣了又苦又濃的曼特寧，甚至有人以「喝苦能力」做為喝咖啡的象徵，所以我常推薦對咖啡有興趣的客人點衣索比亞的豆子，品嚐一下咖啡的多層次口感。

　　沖泡時發現這四位客人談吐不俗，話題不斷圍繞在招牌上的「哲學」主題，不像一般觀光客，當然他們也問我：「Why philosophy？」於是談到我對哲學的看法。結果我幾句話就露餡了，點耶加雪夫的客人問：「你應該是教哲學的老師，不是學生吧？」承認後，當然就聊到在哪裡任教：「南華大學，那您認識陳正哲老師嗎？」怎麼一問就問到認識的老師，我只好點點頭，畢竟平時與陳老師也算聊得來，怎麼好意思裝作不認識呢！

有了共同朋友，談話就更熱絡了。其中一位先生是臺南市五條港文化園區的委員或幹事，他說農曆七夕當天，五條港文化園區會舉辦大型活動，邀集許多有特色的街頭藝人和文化人共襄盛舉，問我是否有意願參加。這或許是認識更多臺南在地文化人的機會，所以我就和他交換了名片保持聯繫。

　　結果他們就這麼站著喝完咖啡，聊了近半個鐘頭之後才互道再見。可惜語言不通，不然我倒是想向這位日本學者交流更多咖啡品味或哲學觀點。

　　整個過程中，我們一群人大聲談笑大概也吸引不少路人的目光，有兩個女生站在外圍聽我們談話，所以也知道了我是大學老師。待四位學者離開後，她們走上前來也點了一杯咖啡，她們也稱我為老師，顯然應該大學畢業沒多久。於是一杯咖啡打開話匣子，我向她們細細地解說咖啡的產地與豆性、烘焙、沖泡、品嚐等各項內容。也是這麼站著聊了半個多小時，離開時她們笑著說：「今天真的是上了一堂咖啡課。」

　　第一天落腳就認識了許多朋友，晚上的海安路，果然有它的魅力所在。或許是人文藝術的氣息，讓來到這裡的行人都放慢腳步，也就有比較多人願意停下來看看我的腳踏車、聞聞我的咖啡香、聽聽我的咖啡哲學吧！這樣的夜晚與場所，我決定也把它列入我的據點之一！

2011/7/24

樂觀健談而堅韌的母親

白天在赤崁樓時，有一對夫妻剛好將機車停在我的腳踏車旁，順便看了一下我的招牌「哲學系學生免費」。他們二人遲疑了一下，太太就以開玩笑的口吻說：

「佛學算不算哲學？」

「二者有些不同，不過也可以算是啦！」我回答。

「那我們買咖啡至少可以半價！」她倒是頗懂殺價。

「OK！沒問題，就算你們半價。」我也很爽快答應。

於是，我為他們沖泡了一杯曼特寧，拿了他們三十元。成了我賣出的第一杯特價咖啡。

*　　*　　*　　*　　*

　　我已經連續三天都在傍晚的時候，將咖啡腳踏車從赤崁樓騎到海安路。（一天之間跑兩個地方賣咖啡會不會太拚了？沒辦法，時機歹囉！）有一位中年婦人每天晚上在這裡散步，我已經連續遇到她兩天了。為什麼要提到她呢？因為她實在太特殊了。

　　她第一天從我的腳踏車旁走過時，我不過是習慣性地向她點頭微笑，沒想到她主動走到腳踏車旁與我聊天，而且一講就足足講了快一個小時。她提到先生也喜愛喝咖啡，以前夫妻倆常常全省跑透透去喝各種咖啡，她先生甚至收集了很多咖啡器具，想著退休後要開一間咖啡館。經過約十分鐘的談話，我就大致知道她講的內容了，往後的五十多分鐘，多數是重覆相同的話，於是我就一邊跟她聊一邊注意是否有客人上門，然後不斷地暗示她：會不會擔誤太晚了？是不是該回去了？……終於，有一對情侶來買咖啡解救了我，我

趕緊說：「我要開始忙了，謝謝妳，以後有空再聊。」她也只好繼續散步。

原想這大概是一段人生的偶遇吧，出外總是會碰到形形色色的人啊！誰知第二天她又出現了。當她走近腳踏車時，我心裡暗叫了一聲：不妙！但是總不能馬上收攤或是把腳踏車棄之不顧吧。只好禮貌性的微笑打招呼。果不其然，她這一站足足又站了一個多鐘頭。不過，跟昨天不同的是，我聽她講話的心境有了微妙的變化。

今天的談話過程中，我得知她先生已經過世七年了，（回想她談到先生時那種眉飛色舞的神情，他們一定鶼鰈情深。）她獨自一人帶大了三個女兒，說到三個女兒時，她真的是如數家珍，把三個女兒讀什麼學校、做什麼工作、多上進努力講得一清二楚。我完全無法把她的處境與昨天那種樂觀開朗的對話內容聯想在一起，甚至在談話中她還不時鼓勵我：「年輕人要多打拚，像你一看就知道是個很上進的人，多努力，將來一定會成功。」她的鼓勵讓我內心非常感動，因為從她的眼神中，我

一定是一個為理想而努力的苦命人吧！我一邊謝謝她一邊想：
這個世間，好像真的是只有苦命人才會同情苦命人！

2011/7/27

另一種形式的哲學咖啡行動誕生

今天回學校開會。會後，通識中心的老師們聚會午茶，聊天的話題轉到我的腳踏車咖啡上，我也擇要地把二十天來的經歷向大家報告，除了得到熱烈回應，我提到趣聞或糗事時，也逗得大家非常開心。我想：「通識中心真是個好地方，來自不同專業領域的老師聚在一起為共同的大學理念努力，這幾年大家所凝聚的革命情感，也早就超越了教師同仁的情誼，像我這樣的腳踏車哲學咖啡行動，竟也能引起大家熱烈的迴響，絲毫不以異樣的眼光視之，還以鼓勵與理解的心情支持我，真的非常感謝大家。」

最後大家建議我開一個部落格或網站，把這些日子的紀錄放在網路上，分享給更多朋友。想想也有道理，的確可以藉網路

讓更多朋友參與我的行動，甚至在互動中激發更多的創意。不
過我內心卻又抗拒這樣的網路分享，擔心這樣的紀錄，會不會
使初衷產生變化？原先只是希望在城市的角落裡賣咖啡，過著
流浪出走的耕讀生活。但是現在我面臨了抉擇：「網上的紀錄
是否會引來一些附庸風雅或追趕潮流的不速之客，不但不能使
我拓展人生視野，反而讓我疲於應付這些言語無味的人群？」
還好其他老師給了我很好的建議：部落格文章開放給全部的人，
臉書文章只開放給自己認可的朋友，若用臉書的方式來分享，
應該不至於造成我所擔心的困擾。於是我就在佳憓老師與文柏
老師的協助下開設了以「哲學咖啡」為名的臉書，也開始了我
第一次上網 PO 文的經驗。腳踏車哲學咖啡的
行動，真為我的人生增添了不少的「第一
次」。

2011/7/28

有朋自遠方來

文柏與佳憓老師今天特地來臺南探訪我的「生意」。這是開始以來第一次朋友來訪,心裡有些緊張不安,也有更多的高興。不安的是小小的腳踏車咖啡,既無高遠的理想目標,也沒有什麼華麗排場,竟然驚動了朋友們專程來探視;高興的是有朋自遠方來,可惜現在夏日豔陽高照,我又不是賣清涼解渴的冰品,若是寒風的冬季,那我的手沖熱咖啡可就能發揮「晚來天欲雪,能飲一杯無?」的意境了!

朋友來訪,我怎麼可以自顧自地出去賣咖啡,可是文柏與佳憓堅持:「就是來看你賣咖啡的樣子,今天不可以不賣!」所以三人中午就隨意地逛逛臺南小吃與景點,(當然也經過我擺攤的赤崁樓與海安路。)下午三點多,我開始每天的準備工作:

燒水注入保溫壺、將水箱加滿濾淨的水、檢查瓦斯爐容量是否
足夠、裝好各式咖啡豆、帶上咖啡濾杯及濾紙。文柏與佳憶想
幫忙，但我挽拒了：「整個準備過程很簡單，而且我每天都做，
已經很熟練了。」於是佳憶拿出她預先準備好的攝影機，拍攝
了整個流程。

　　腳踏車滑上路，文柏與佳憶也騎上機車陪著我。路上我邊踩
腳踏車，邊對他們介紹沿途的風土民情，平時未曾留意的景觀，
現在因與朋友的笑談，打開了全新的視野。原本必經的路，突
然間有了不同的意義！

　　來到赤崁樓，本想先泡兩杯咖啡給文柏和佳憶，誰知一位年
輕人突然騎著機車到腳踏車旁，帶著些許羞澀說：「老闆，我
要買咖啡。」平時生意那麼清淡，也不見小貓兩三隻，今天一
擺好攤子馬上就有人光顧。文柏比了比手勢，示意我先照顧客
人。於是我只好把剛磨好的耶加雪夫，先沖給這位年輕客人。

　　「您平時有喝咖啡嗎？都喝哪種咖啡？」我已經養成習慣，

一邊為客人沖泡咖啡時，一邊與客人聊聊。通常話匣子開了，很多話題就自然產生。談話間我知道這位客人姓宜，是南科工程師，每天騎機車經過，已經注意我的腳踏車與哲學招牌好些天了。我將咖啡遞給他，跟他說明耶加雪夫的豆性與口感，只見他一臉認真地品嚐，彷彿正在用味蕾驗證我的咖啡。一般客人買過咖啡後，通常就端著咖啡走了，可是這位年輕工程師卻站在車旁緩緩地喝完這杯咖啡後，才與我道別。雖然他話不多，但我感受到他對我這個人和這輛腳踏車、咖啡、哲學十分好奇，想問又不知如何問起。加上佳憓一直在旁攝影，大概也讓他不好意思開口，於是他才站在一旁慢慢地喝完這杯咖啡。有意思的人，希望有機會再碰到他！

目送這位工程師離開後，我與文柏、佳憓三人突然相視大笑：「開張了！」我說：「OK！今天已經做成了一攤生意，可以收工了。走吧！我帶你們好好逛逛臺南市。」於是我又騎上腳踏車慢慢踩回家。然後才真正地為朋友盡地主之誼，好好地款待他們二位。

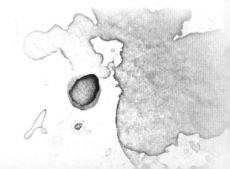

2011/7/31

謝謝妳！我的另一半！

妻子向來以生意人自居，對我的諸多怪異舉動已習以為常，她常取笑我，說學哲學的人最後都會變得怪怪。因此對我這個腳踏車哲學咖啡的行動，她既不表現得非常支持，也沒有反對的意思，只是當朋友們問及此事，她總是開玩笑地說：「頭上三條線不知道該擺哪裡？」由此大概可以看得出她心中的無奈吧！對她的無奈，我一直抱以歉疚，直到上次通識中心老師們聚會，錫輝老師與我聊到妻子對行動咖啡的看法時，他突然冒出一句話：「其實你老婆很尊重你，甚至可以說很寵你，才會放任你這項哲學咖啡行動。」

「何以見得呢？」我不解地問。

「你想想，就算是學術界的人，如果他沒有人文素養與深刻

體悟，不一定能理解哲學咖啡行動的意義，你太太還不是學術圈的人。所以你太太應該是無法體會你哲學咖啡行動裡的那種自由精神與流浪出走的生命情懷，可是她自始至終都沒有反對，你想這不是非常尊重你嗎？更重要的是，既然她不能理解此舉的意義，那麼她在朋友群中，也就無法為你做任何詮釋，甚至這項瘋狂的舉動還會令她在朋友圈裡沒面子。可是她還是沒有反對，偶爾還會為你送便當，跟你一起站在腳踏車咖啡旁，為什麼？因為她寵你，她願意為你忍受一些她平常不會忍受的眼光與批評！」錫輝老師說。

　　這樣的一席話，突然讓我體會到妻子對我的深情。今天為什麼會想起這段對話呢？因為今天妻子對我說：「我朋友今天開車經過赤崁樓，看到你在賣咖啡，可是都沒有人買，只看到你一個人坐在那裡，神情好像很落寞、很狼狽的樣子。她問我：堂堂一位教授，幹嘛非要這樣？妳要不要勸勸妳先生？」妻子還是沒有明顯地反對，但我很清楚她藉朋友的問句來提出她心中的疑惑。這時我突然想起上次錫輝老師的那席話，我沒有解釋，只是輕輕地抱著她，說了一聲：「謝謝妳！」

2011/8/1

年輕媽媽的天馬行空

經過這些天在海安路上的觀察，我發現海安路上有兩類人最多：一類是年輕的男女，在海安路的藝術氣息中享受浪漫約會；一類是附近住戶，趁著稍涼的夜風，在海安路上散步，順便遛狗、遛豬、遛小孩。我就坐在腳踏車旁的露營椅上，以自備的露營燈看書寫筆記，偶爾對過往的男女及行人點頭微笑。多數人看見我的腳踏車咖啡及哲學招牌，臉上雖然微有驚訝詫異的神色，多半也只是微笑走過，只有少數人會佇足在腳踏車旁與我說話。

今天是個有風的夏夜，一位年輕媽媽帶著兩個小孩散步，應該是附近的居民。行經腳踏車時，其中較大的小朋友隨口讀著招牌上「哲學咖啡」四個字，讓我有些驚訝：「這個小朋友應

該還沒上小學吧,即使上小學了,這四個字也不是很簡單,怎麼這個小朋友能看懂?招牌上並沒有注音啊!」我馬上站起身來對小朋友說:「小朋友,你知道怎麼讀啊,好厲害哦!」他有些害羞地躲到媽媽身後,倒是媽媽很客氣地說:「還好啦,謝謝!」但腳步並沒有放緩,所以我也不再多說,點頭微笑道再見。這樣的景象已經不勝枚舉,所以我也沒多加注意,繼續坐下來寫筆記。

　　一段時間後,大概是三位母子散步折返,又經過我的攤位。年輕媽媽走近我的腳踏車說:「買一杯咖啡。」這下子換我不好意思了。根據經驗,附近住戶通常是不買咖啡的,或許是我剛才讚美了她的小孩,她滿高興的,所以就捧場買我一杯咖啡。我也搬出晚上喝咖啡可能會睡不著的說詞,提醒她不必費心捧場。她堅持要買,而且表明有喝咖啡的習慣:「剛剛就想買了,只是沒帶錢出門,所以又回家拿錢。」我還是不相信,因為當我詢問她要喝哪種咖啡時,她完全「一問三不知」。不過,既然客人堅持要買,我實在沒有理由不賣,所以我推薦巴拿馬的卡門莊園豆。

沖泡過程中她直接問：「你這輛咖啡腳踏車很有創意，但是為什麼取名哲學咖啡？」

　　「因為我喜歡哲學思考又喜歡喝咖啡。出來賣咖啡，就是希望藉由咖啡，認識更多喜歡哲學的朋友，所以就取這個名字了。」我回答。

　　「我先生常說我很適合學哲學，因為我很天馬行空。」她說。

　　她的回應倒是引起我的興趣。為什麼大多數人把哲學跟天馬行空劃上等號？於是我開始向她解釋：「天馬行空的思維固然是哲學的重要特質，卻不是唯一的特質。天馬行空通常是指思維方法屬於發散式、不著邊際、或超越一般人的想法；哲學思維則是既能發散地思考，又能收斂地去分析、推理這些思維是否嚴密合理。所以二者之間雖有關聯，卻不相同。」看她一臉茫然，我才發覺自己上起課了，趕緊補一句：「如果您真的屬於天馬行空，那麼您更適合當文學家或藝術家，這樣就能發揮更多的創意與想像空間啦！」顯然她比較滿意這個說法，於是面帶笑容地帶著小朋友離開了。

警察的幫忙

當初在籌畫腳踏車哲學咖啡行動時，就有朋友問：「如果被警察趕怎麼辦？」、「會不會被開罰單啊？」、「如果碰到收保護費的你怎麼應付？」通常我都笑笑地回答：「那就跑給警察追啊！」、「遇到地頭蛇來收保護費，就找人來助陣啊！」玩笑是這麼開，但心裡其實一點底都沒有，到時候大概也只能隨機應變了。

在赤崁樓擺攤有些日子了，是不曾真正碰到黑道，不過今天真的被警察「關切」了。

話說下午在赤崁樓沒多久，來了一位許姓老顧客。談話間許先生對我的耶加雪夫烘焙結果極為讚賞，希望我能烘個半磅給

他，兩人對烘豆正研究得起勁、心中也歡喜得飄飄然，突然間感覺兩輛機車騎了過來，停在我的腳踏車旁，轉頭一看，哇！是警車。其中一位警察先生開口：「這裡不能設攤。」口氣還算溫和，不過立場很堅決，嚇得我把「跑給警察追！」五字真訣拋到九霄雲外，趕緊回答：「哦，那我馬上收攤。」真是沒有膽量！

　許先生也不緊張，似乎想繼續跟我聊天，可是兩位警察就站在旁邊，叫我怎麼還有心思，只好邊收攤邊跟許先生繼續聊。也不知道是看我已經在收攤了還是看我和許先生仍意猶未盡，也沒等我收拾離開，兩位警察就騎車走了。那我還收不收啊？——當然繼續收攤，我可是良好公民耶！不過就在我收到一半時，竟然下起雨，只得加快動作，匆匆收好器具，綁好咖啡招牌跳上腳踏車，騎到對面「度小月」的騎樓躲雨。

　一進騎樓，雨勢突然變大，路上行人也紛紛躲避。這時站在騎樓的我，望著不歇的雨勢，心想：「還真感謝兩位警察，讓我免於變成落湯雞。」

獨一無二的生命美景

登上臉書也有幾天了,原先只是希望分享哲學咖啡的心得與
見聞給朋友們,不過臉書功能的強大,真的讓我開了眼界。事
情是這樣的:

在註冊臉書時,必須填寫一些個人資料,其中一項是「喜愛
的佳句」,當時我不自覺地寫下兩句影響我非常深的歌詞:「一
心把美景賞遍,不枉走『這』趟人間。」這是我年輕時聽過的
某首民歌最後的兩句詞,原唱人是蔡琴,但年代實在太久遠,
早已忘了作詞人是誰,也不記得歌名了,只是兩句詞時常在我
心裡迴盪,伴我度過許多人生起伏。於是當我看到「喜愛的佳
句」時,自然地就填了這兩句。沒想到這樣不起眼的個人資料、
躲在角落的兩句話,竟然在朋友間引起不少的騷動,也勾引起

我心中不小的感慨。

　　就在 PO 上臉書個人資料後的隔天，明焰老師回了我一則訊息，說這首〈長途旅行〉一直是他喜愛的民歌之一，沒想到我也喜愛。不過他特別指出我記錯歌詞了，應該是：「**一心把美景賞遍，不枉走『一』趟人間。**」

　　與明焰老師相識十年，竟然不知道兩人有一首共同喜愛的歌，而且都對我們的生命經歷起過深刻的影響。就這樣，我透過明焰，不僅知道了這首歌的歌名，也知道作詞人是蘇來，明焰甚至從黑膠唱片取出歌，製作成 MP3 寄給我，讓我在多年後的今天，又能再次聽到這首歌：（這篇短文其實就是在這首悠揚歌聲中完成的。）

在寂靜的早晨，我什麼也不帶，就這樣走來。
或許你曾見我，在風中獨行，向未來前進。
在寂靜的早晨，我什麼也不帶，就這樣走來。
或許你曾見我，在風中獨行，向未來前進。
我不是眾醉獨醒，只是見多了冷暖人情，

我無心和時間競走，我只是平凡的我。
雖然來去匆匆，只覺留戀無限，
一心把美景賞遍，不枉走一趟人間。

　　二十多年的記憶，就在這首歌中，清清淡淡、浮光掠影般重
現年輕時曾做的夢、走過的路、經歷的事、思索過的迷惑，一
切都在這首歌裡做出了註腳。看著正在狂放大笑的我、坐困愁
城的我、憤世疾俗的我……，我多想告訴他們：不要急，一切
都是為了編織獨一無二的生命美景！

尷尬的宣傳方式

赤崁樓邊，腳踏車咖啡安置完畢，照例先泡一杯咖啡給自己，坐上露營椅，享受閱讀之樂。通常這一坐，大概要坐上一小時才可能有客人上門。今天卻不到五分鐘就有一位婦人走到我的腳踏車旁。（感覺她是從「度小月」走過來的。）奇怪的是她既不買咖啡，也不找我談哲學，只見她一臉諂媚地說：「你的咖啡一定很特別，你對自己一定很有信心，不然不會賣六十元一杯。」

「還好啦！只是些個人的心得希望與人分享罷了。」我客氣地回答。但是心裡納悶這位婦人到底想做什麼？幸好她下一句話馬上就解除我心中的疑惑。

　　「你的氣質一看就知道不是普通人，大學教授就是特別！」原來她在「度小月」知道了我的背景，難怪走過來說話的樣子與一般客人不同。

　　於是我隨性地跟她搭話，談話過程中她看到行人路過還會幫我宣傳：「來哦！大學教授的咖啡哦！」我實在快暈倒了，我又沒請她幫我宣傳，而且這麼招搖！看來她一時間也沒打算走，我既無奈又不知該拿她怎麼辦，幸好半個多鐘頭後，出現了一位客人，我趕緊對她說：「您去忙吧！我也要招呼客人了。」說完我不再理會她，專心地沖泡咖啡給客人。

　　唉！看來赤崁樓這個擺攤地點，似乎有些不妥了。

2011/8/5

海安路上的露天研究室

下午在赤崁樓擺攤，對面壽司店的年輕人跑過來買咖啡，問他要哪一種咖啡，他回答不知道，經我介紹後選了巴拿馬卡門，（這似乎已經是多數人的選擇了，每當我問：要偏苦的曼特寧，還是偏酸的耶加雪夫，或是有點苦有點酸的巴拿馬卡門？多數客人都合乎中庸地選擇巴拿馬卡門，屢試不爽。）看得出來他也觀察了我一陣子，趁著店裡不忙的時候特別過來喝看看這是怎樣的咖啡。

在他身上，我觀察到一個有趣的現象：多數來買咖啡的客人，大概都是出於好奇來買，並不預期要與我談些什麼，有些人甚至打算買了咖啡就走，但每當我打開話題，（手沖咖啡的特性就是比較花時間，從磨豆、測水溫、摺濾紙、倒咖啡粉、到注

水完成，通常需要三至五分鐘，所以，客人就被迫要等，於是就有了開啟話題的機會。）有些客人會願意站在我的腳踏車旁與我聊天，而且常常都聊超過半個小時。

這位年輕人就站著與我聊了約半小時，直到對面來了另一位店員叫他回去才匆匆離開。我不禁想：這個聊天現象是因為我發揮了老師的職業病，把客人當成學生，還是被我的腳踏車咖啡吸引來的客人，本身就具備了能與我聊天的特質呢？嗯！頗值得我深思的問題。

*　　　*　　　*　　　*　　　*

又一位年輕人帶著靦腆的表情來到腳踏車旁，表明要買一杯咖啡。於是我就為他沖了巴拿馬卡門，沖泡時隨口問了他喝咖啡的口味與喜好，他都回答不知道，顯然他並不是專門嚐咖啡的饕客，可是我提到各種咖啡豆產地與豆性時他又非常清楚，讓我感到困惑：沒有喝咖啡的習慣卻具備咖啡的常識，這是一位怎樣的客人？

賣咖啡的這段時間，對於看人的眼光我是越來越有信心了，只要和客人聊上幾句，就可以明確判斷出各種類型的客人：是加糖加奶精的一般型、還是自以為喝黑咖啡就很厲害的臭屁型、或是對咖啡豆頗有研究的老饕型、甚至是研究到烘焙咖啡豆的專家型。可是，眼前這位年輕人卻讓我不知如何判斷。

　　一問之下才知道，原來他是餐飲系的學生，曾在課堂上學過咖啡的沖泡方式及知識。難怪他對咖啡的常識了解比一般人多，卻又不是那麼能品味咖啡。

　　他好像希望與我談談咖啡，或許是他的暑假作業也說不一定。但他實在太害羞，買了咖啡後就默默坐在機車上，看著我與其他客人聊天，喝完了又默默離開。希望有機會可以跟他請教一些科班的咖啡知識。

＊　　＊　　＊　　＊　　＊

　　今天坐在赤崁樓粉牆邊，已經感受到颱風來襲的徵兆。雖然

萬里晴空且豔陽高照，行人必須緊貼著建築物的陰影來躲避毒辣的紫外線，但空氣中正浮動著異樣的變化，若不仔細體驗，還真不易覺察。我靜靜地坐在牆邊一角，細細感受空氣流動的溼度與溫度，它輕輕拂過我的肌膚，穿過我頭髮，微微鼓動我的衣袖，些許的水氣已不同於前一日的乾燥熱風。抬頭看天空與樹梢，間歇性的風吹得樹葉沙沙作響，天空雲朵也因高空氣流而飄動飛散，傍晚的火紅夕陽變化萬千，這些都預告颱風將至。

　一位學生模樣的年輕人打斷我對天候的觀察。「買一杯咖啡。」他說。聊了天才知道，他父親曾在海安路上看到我擺攤，大概是回家跟他提起這麼一個腳踏車咖啡，所以今天從這裡經過時，直覺這輛腳踏車咖啡應該就是他父親說的那輛！談話間我察覺到他是一位聰明又有些叛逆的學生，（後來知道是政大政治研究所的學生。）讀了些政治哲學的理論，突發奇想地想顛覆一些傳統觀念，而他很驚訝，一個腳踏車咖啡小販，竟也能與他暢談政治哲學。直到他咖啡喝完，似乎沒有想走的意思，

又不好擔誤我的時間，就拿著那只空杯子悵然與我道別。

＊　　＊　　＊　　＊　　＊

晚上到海安路擺攤，這位政大的研究生又來了，還帶著父親一起，大概跟父親提到與我聊天的過程，結果父子就到海安路驗證一下看到的是不是同一輛腳踏車咖啡。（那是當然！臺南市僅此一家，別無分號。）

父子同來我就不好意思再瞞些什麼，於是他們知道了我是大學老師，當下父親帶著這位研究生就向我討教起撰寫碩士論文的方法與要領。礙於這位父親愛子心切，我雖不在研究室，也只好把這海安路的一角當成研究室了，於是我從選定研究題目、確立研究方法、蒐集文獻資料、組織論文架構等，盡可能詳細地解釋給他聽。聽完後父子倆同時嘆了一口氣，說碩士論文還真不簡單。

送走了這對父子，心想：「今天怎麼還是在指導論文？」

府城街角的哲學香

 鐵馬咖啡日記　　*105*

文質彬彬的黃老師

前兩天是七夕又是父親節,只得暫緩三天的腳踏車哲學咖啡活動。今天一到赤崁樓,剛把車停好,咖啡器具都尚未擺妥,大成國中的黃老師就騎著機車停在我的腳踏車旁,(先前他和父親散步行經我的腳踏車,並猜出我是大學老師。)只見他車子都沒熄火,就從置物架中拿出一瓶冷飲,非常客氣地說:「老師,天氣這麼熱,我帶了一罐涼的來給您喝。」這倒讓我不好意思了。打從第一次見面起,他猜到我是大學老師後,每次來都稱呼我為老師,聊天與談話過程,也都是以學生之禮相待。

最初推行哲學咖啡的本意,是希望暫時離開學術界的象牙塔,遠離純粹的學理,不在論文與研究生之間打轉,也不理臺灣目前高等教育的種種困境,所以選了一輛腳踏車、一具咖啡

平檯、一張露營椅、一本書、一杯咖啡、一個人，（哈！這好像成了現代版的「六一先生」，會不會太抬舉自己？）預想能平靜地在臺南古都的角落裡賣咖啡。誰知道一講起哲學、學術、教育……，總是與客人有聊不完的話，也讓越來越多客人猜出我是大學老師。不過不打緊，因為物以類聚，若是被我的哲學咖啡吸引來，可能都與我有某層面的心靈契合，談話內容也讓我有可學習及思考的機會，所以不怕。就像黃老師有些書卷氣，談話言之有物且文質彬彬，怎麼看就是一位讀書人的樣子。

收了人家的冷飲，總要有些回報，於是我問：「黃老師，您喝不喝咖啡？我請您喝一杯吧！」回想他幾次來訪，好像從未買過咖啡，我一直想原因為何，可能是第一次見面時，他就得知我是大學老師，所以不好意思向我買，從他彬彬有禮的個性推測，他可能擔心向我「買」咖啡，會不會對我不敬？（如果真是這個原因，當然他多慮了，我都出來「賣」，怎麼還會在意別人向我「買」呢！）而且若說要「買」咖啡，我可能也會請客，那他會覺得更不好意思。所以他從來就沒開口說要買咖

啡。不過以上都是我的猜想，也可能他本來就不喝咖啡。

　「好哇！」他遲疑了一下說。於是我很真誠地推薦耶加雪夫給他，（這是目前我烘得最滿意的咖啡豆。）接著他才說：「其實我平常是不喝咖啡的，不過老師的咖啡，我倒是很想喝喝看。」原來這才是真正原因，我想太多了。不過，嘿嘿嘿！我最喜歡對平常不喝咖啡的人上課了，閒話不多說，馬上開講我的咖啡經。可苦了這位黃老師，足足站了一個多鐘頭聽我講如何品嚐咖啡、沖泡咖啡、及烘咖啡豆⋯⋯。

府城街角的哲學香

哲學系學生免費

今天還是到赤崁樓。通常我擺定後的第一件事就是先泡一杯咖啡給自己，再坐下來看書等客人上門。可是今天非常特別，我剛為自己磨好咖啡豆就有客人上門，點的正巧就是我磨好的曼特寧，我只好客氣地問：「這杯本來是我要自己喝的，若不嫌棄，就先沖泡給您好不好？」於是我就「以客為尊」地先泡給客人喝。

唉！到口的咖啡，竟然就先給了客人。如果只有這樣也就罷了，稀奇的還不只如此，泡第一杯咖啡的同時緊接著又有二組客人上門，我只好一杯接一杯地泡下去，（說的好像生意很好，其實也就是三杯而已，就已經讓我很忙碌了。）加上我又非常喜歡跟每位客人聊天，直到我能為自己沖一杯咖啡時，已經是

開賣一個鐘頭後了。奇怪，平時完全不是這個樣子的，今天怎麼了？

＊　　　＊　　　＊　　　＊　　　＊

有幾位屏東來的女生，看到哲學咖啡招牌，就停下來猛拍照，好像我也是觀光景點一樣。嘰嘰喳喳了一陣子後，拱出一位平時愛喝咖啡的朋友來：「老闆，買一杯咖啡。」正要問她喝什麼咖啡時，她又問：「為什麼哲學系的學生免費？」我當然又搬出那套喜愛哲學的說詞。這時她背後另一位女生開玩笑地說：「那服裝科的學生，可不可以也免費？」差那麼多，顯然是來硬拗的。我只好苦笑地說：「哲學跟服裝，落差未免也太大了。」不過，我念頭一轉，又說：「服裝設計也是藝術類，當藝術提昇至美學時，就是哲學了。各位如果能說說服裝設計的美學概念是什麼，我就免費招待。」

顯然我這個問題完全超出她們的能力範圍，每個人臉上都露出疑惑的表情。這時我也已經泡好咖啡了，正想藉此機會給年

輕女孩們開堂小小的美學講座，誰知下一波客人又到了，沒辦法再說些什麼，真可惜！

＊　　　＊　　　＊　　　＊　　　＊

　　一對從外地來的夫妻，都喜歡喝咖啡，看到我這輛腳踏車也覺得新奇，就點了二杯曼特寧，不過經我「婉轉推薦」後，先生改點耶加雪夫，（其實二杯都點同樣的咖啡豆，我比較省時省工，但我想讓客人品味更多不同的咖啡，所以常常這樣「自找麻煩」。）言談間知道夫妻二人都有喝咖啡的習慣，但對手沖咖啡還很陌生，問我能不能把沖泡過程拍攝帶回去研究。我當然回說沒問題，而且我還特意地對每一個步驟加以說明，讓她把這些描述也一併錄進去。先生喝了耶加雪夫後大為讚賞，說：「微酸中帶有果香味、而且入喉溫潤滑順、喝了幾口後開始喉韻回甘。」夫妻倆互換咖啡，太太也說：「相形之下曼特寧真的就沒什麼特色了。」我站在一旁微笑地接受他們的讚美，那種遇到知音的感覺，大概就是這樣吧！（後來我正在收攤時，這對夫妻又來買了一杯耶加雪夫，我就知道他們對咖啡的品味

層次已經與過去不同了。）

　　*　　　*　　　*　　　*　　　*

　　傍晚坐在露營椅上寫著今天的心情札記，正專心地思索如何呈現今天剛開張時的忙碌心情，一陣機車引擎聲打斷了我的思緒。只聽到機車上的騎士用很興奮的口吻說：「老師，你真的開始賣咖啡了！」口氣充滿驚喜。聲音很熟悉，抬頭一看，原來是志文！（生死系的學生，來哲學系選修邏輯，本來還為他擔心，怕他邏輯跟不上，誰想到他「不是猛龍不過江」，不僅跟上進度，還學得不錯。）他載著一個女孩子，衝著我笑得很開心的樣子。

　　我也很驚訝，目前為止知道我推行哲學咖啡的人不多，而且要來找我前也都會事先聯繫，這樣不期而遇的情況還是頭一遭。我問：「志文，你怎麼知道我在這裡賣咖啡？」他回答：「我不知道啊！我是在對面停紅燈，我女朋友看到你的哲學

招牌，指給我看，我一看真的是你。就來跟你打招呼啦！」原來真的是巧遇。

「老師，我還以為你是隨便說說，沒想到你真的開始行動了！哲學系的學生有沒有揪團來喝咖啡啊？」他很亢奮。「志文，我請你們喝杯咖啡，哲學系學生免費哦！」我說。他倒是提醒我了，「老師，我又不是哲學系的學生，怎麼好意思讓你請客？」他說。「你輔修哲學系，就是哲學系的學生。」我說。

就這樣，我送出了第一杯免費咖啡。沒有宣傳、沒有刻意安排、也沒有事先聯絡，在學校及研究室外的城市角落，我和腳踏車咖啡碰到熟悉的臉孔，我心中的雀躍與歡喜，實在不亞於志文。

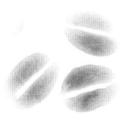

溫情融化偏見

赤崁樓擺攤已成每日行程,周遭店家與住戶對我的出現也習以為常,大多很友善,甚至會把客人介紹給我。所以常有一兩位客人,是在對面「度小月」吃完麵後,經老闆介紹來向我買咖啡。不過這樣的客人通常臉上都帶著某種奇特的神情,彷彿看到了什麼新鮮事。今天,我終於解開這個謎團。

一對夫妻在對面「度小月」吃完麵,直接過馬路走到我的腳踏車旁,說:「老闆,買一杯咖啡。」我放下手邊的《形上學》,站起來準備為他們沖泡咖啡,然後就聽到一位本來在附近散步的老先生說:「對,來這裡買咖啡就對了,這是大學老師的咖啡,特別不一樣。」就在我一臉尷尬時,這對夫妻馬上說:「我們就是知道才特別走過來買的。」更讓我驚訝的是,一位走過

　我腳踏車旁的太太竟然也停下腳步說：「對啊，我們都知道這裡有一個大學教授在賣咖啡，可惜我不喝咖啡，不然一定也買來喝喝看。」

　　天啊！原來我已經成為附近店家、住戶、行人的共同話題了，今天才恍然大悟。真不知道他們私下是如何談論我、腳踏車咖啡、這個攤子及哲學咖啡的，難怪每天我到赤崁樓設攤時，都能感受到有很多雙眼睛看著我每個擺攤的舉動。幾天前有一位奇怪的婦人還過來跟我談話，既不買咖啡、不懂咖啡、也不談哲學，只為攀談而來。那時的我就感覺到異樣的氛圍了，今天則是完全了解我的處境。不過幾天前那位婦人的攀談舉動是讓我有些反感，但是今天把這個謎團打開後，我才知道這已經是小社區的共同新聞了，我想想自己的反感也沒道理，畢竟是我闖進這個寧靜的社區。而且我做為不速之客，在赤崁樓轉角處非但沒有被排斥，反而處處受到附近店家的關心和照顧、過往行人友善的眼光與微笑，更讓我感受到臺南古都的濃濃人情味，那些好奇與騷動本就

是人性的一面，我應該感恩於這些在我生命中留下腳印的人們才是！

　這讓我想起以《過於喧囂的孤獨》聞名的捷克作家赫拉巴爾（Bohumil Hrabal），他的作品大多描寫平凡且默默無聞、被拋棄在「時代垃圾堆上的人」，他對這些人寄予同情與愛憐，並且融入他們的生活，以文字發掘他們心靈深處的美，刻畫出平凡又奇特的人物形象。（他更曾以此為主軸發表《底層的珍珠》一書。）曾有文評學者用利刃、沙子和石頭，分別來形容三位捷克文學家：「昆德拉像是一把利刃，將利刃刺向形而上；克里瑪像一把沙子，將一捧碎沙灑到詩人筆下甜膩膩的生活蛋糕上，讓人不知如何是好；赫拉巴爾則像一塊石頭，用石頭砸穿卑微粗糙的人性。」赫拉巴爾用生命書寫的不是那個作家身分的自己，而是融入大眾的自己。在他筆下我們看到真正的人性。

　在赤崁樓也一個多月了，我只是自顧自地賣咖啡、看書、寫札記，卻不曾真正走向周邊的人群，此刻驚覺自己根本還沒真正實踐哲學咖啡的行動，我仍然與那個坐在研究室裡指導研究

生論文的我沒有兩樣，而我竟然還奢言生命體悟！

　　謝謝您，赫拉巴爾！謝謝您，這位不知名的婦人！謝謝您，「度小月」老闆！謝謝您，這對買咖啡的夫妻！謝謝您，散步的老伯伯！謝謝您，這位路過的太太！……謝謝您們，讓我知道了知識分子的傲慢與偏見。

喬峰來了

下午近五點時，一名身穿福泰肉燥飯工作服 T 恤、戴著眼鏡，頗有學生氣息的年輕人，來到我的腳踏車旁邊說：「老闆，一杯咖啡。」我照例詢問客人的咖啡喜好與口味。他很客氣地說：「我只是喜歡喝咖啡，但還不是很精，也不太懂得哪種咖啡比較好。」「其實也沒有哪種咖啡比較好，不同的咖啡有不同的風味和口感，只是每個人的喜好不同罷了。」我很客氣地跟他交流一些我的想法，並介紹了三種咖啡豆的特性，果然，他也是選巴拿馬卡門。

在沖泡咖啡的過程中與他閒聊，才知道他是福泰肉燥飯小老闆，已經注意我這輛腳踏車咖啡很久了，今天他趁著生意比較早收攤，抽空過來喝。等我沖好咖啡遞給他，他靜靜地喝著這

杯咖啡，好像沒有馬上離開的打算，於是我慢慢打開話匣子，與他閒聊臺南市一些咖啡店的特色，沒想到他倒是知道這些咖啡店，可見他確實喜歡咖啡。不過也如他所說：「一直沒有入門，只是喜歡喝咖啡的感覺，也不知道如何分辨不同咖啡豆的特色與風味。」於是我毫不藏私地分享了這些年喝咖啡的心得，他倒也聽得津津有味，流露出非常有興趣的樣子，直到另一位客人出現，他才暫時退居一旁，不打擾我做生意，卻又捨不得離開的樣子。這個小小的舉動，讓我感受到他是一個為他人著想的年輕人，反而覺得對他有些不好意思了，但現在我必須兼顧其他客人，只好等後續有機會，再好好與這位年輕的小老闆暢談咖啡。

後來就在我跟福泰肉燥飯小老闆大談咖啡經的同時，來了一位頗具北方燕趙豪士氣息的大漢，他站在一旁聽了我們的談話，突然說：「好像是不錯的咖啡，也給我來一杯吧。」那模樣就像是在點大碗酒、大塊肉的豪氣。經我介紹後也是點巴拿馬的卡門，但我實在喜愛這大漢的燕趙豪氣，所

以我就極力推薦耶加雪夫給他，他果然也具有冒險精神，一口回答：「老闆推薦的一定不會錯，就喝這個吧！」等我沖泡好這杯耶加雪夫，他一喝竟大為讚賞，直呼：「令人驚豔的一杯咖啡！沒想到這樣一輛腳踏車，這樣不起眼的咖啡攤，竟能泡出這樣好喝的咖啡！」看來他應該也喝過不少地方的咖啡。

　　聽他談吐不俗、姿態豪邁，想與他多談幾句，顯然他也對我這攤腳踏車頗感興趣。談話中他聊到帶著一家老小從桃園來臺南遊玩，馬上就為我介紹不遠處買「畫糖」的太太和孩子、站在樹蔭下乘涼的岳母、另一位在旁邊聽我們說話的則是他小姨子。「我也算常來臺南啊，怎麼沒看過你這攤腳踏車咖啡？」他問。

　　「我是這個暑假才開始賣咖啡的，其實才開始沒多久。」我回答。

　　「太好了！以後我每次來臺南，就來這裡喝這杯令我驚豔的咖啡。」他非常豪爽地說。

「不過，我只賣這個暑假而已，開學後可能就不賣了。」我很不好意思地回答。

「嗯！那你是玩票性質囉？我就想，你一定還有其他正職？嗯！只賣暑假，你是老師對不對？」他像是對我說話，又像是自言自語般推想著。又猜出我的身分，難道我的臉上寫著「老師」兩個字嗎？

我正要回答這位大漢的猜想，誰知道從一位行人的口中突然冒出一句：「老師！您怎麼在這裡？您真的在賣咖啡哦！」一看，原來是研究室對面立國老師的研究生，她和男朋友站在路旁，一臉興奮地向我打招呼。這下子想不承認都不行了。

「看吧！我沒有猜錯。」這位大漢也很高興自己猜中了，哈哈大笑地說。我沒想到天底下怎麼有這麼巧的事，不禁也大笑出來。兩個人同時大笑，直有衝破雲霄之慨，引得許多路人紛紛側目。此刻的我在笑聲中，想到的是金庸筆下的英雄人物——喬峰，粗壯豪邁的外表下，其實有一顆精準細膩的心思。

惺惺相惜的市井情懷

三位老人家在赤崁樓轉角談話已經快一個小時,說話的內容雖聽不清楚,但聲調之大頗引路人注意。他們距離我的腳踏車也不過幾步之遙,我坐在露營椅上低頭讀著《形上學》,但他們的說話方式實在太吸引我注意,就聽著他們時而激動大罵,彷彿不共戴天,時而慷慨激昂像烈士陳詞,一會兒又竊竊私語如同機密要聞……,讓我聽得津津有味。

仔細觀察三位老人,每位恐怕都七、八十歲了,三位加起來搞不好都有二、三百歲,火氣還相當大。滿頭白髮的老先生一口外省腔調,人高馬大就像北方人;另外二位婆婆也是一頭銀絲,其中一位也是外省腔,另一位則是國、臺語雙聲帶。談話內容好像有關房屋買賣,又穿插著政治議題,偶而還聽到「陳

水扁」、「馬英九」等政治人物的名字。

　　大概是我偷聽的樣子太明顯，老先生好像注意到我正面露微笑地注視著他們。（可是也不能怪我啊，他們距離我其實還滿近的，而且說話聲調又不低，想不聽都不行。）於是他們的說話聲音逐漸變小，老先生甚至朝我走來。我想：「糟了，可能這樣聽人家講話太不禮貌了，老先生搞不好是來教訓我的。」

　　「老闆，你是賣咖啡哦，來，買一杯。」老先生說話了。原來是來買咖啡的，大概說話說久了，有些口渴吧。不過我繼而想：「不對，怎麼只有一位來買，而且一般口渴也不是買我這種熱咖啡來喝啊！」

　　「好的，請問您要喝哪一種咖啡？」我很有禮貌地詢問並接著介紹三種咖啡豆。「隨便都可以。」老先生說：「不好意思，我們講話有點大聲，有沒有吵到你啊？」原來如此，老先生看我手上拿著一本書，想到他們可能干擾到我看書了，於是就來買了一杯咖啡以

表示歉意，真是可愛的老人家。

＊　　　＊　　　＊　　　＊　　　＊

　　晚上到海安路擺攤，七點坐到八點，閒坐了一個多小時，卻
沒有半個客人上門。雖然遊客及散步的人潮不斷，停下來看哲
學招牌的人也不少，但就是沒一個想喝咖啡。心想：「也八點
多了，既然沒生意就打烊吧。」我就著手收拾，準備收攤。誰
知才剛熄掉瓦斯爐的火，就有輛機車駛近停在腳踏車旁，車子
沒有熄火，只見車上騎士比了一根手指，示意要買一杯咖啡。
我仔細看，認出這輛機車在這附近經過已經有好幾次，其中有
一次經過腳踏車時還回頭看了我好幾眼，顯然對我這樣的攤子
頗感興趣。雖然略感奇怪，但我還是很客氣地詢問：「要喝哪
一種咖啡？」

　　「隨便，都可以。」他回答。

　　「那曼特寧好不好？」我想又是一位不懂咖啡的客人，那就
介紹他喝比較一般口味的曼特寧好了。

「好啊！其實我平常都是喝茶，很少喝咖啡。」這位客人口音帶著臺語腔、皮膚黝黑、身材精瘦，是我印象中的典型臺灣男性。

於是我一邊沖泡咖啡，一邊與他聊天，才知道他是當地「清心冷飲店」的老闆，幾次經過我的腳踏車，是去外送飲料。他說已經注意我好幾天了，一直想抽空來買杯咖啡卻沒機會，有時忘了、有時忙、有時他來了我卻沒來，好像陰錯陽差一般，總是買不成這杯咖啡，不過今天終於買到了。聽他講得熱切，我心存感謝地說：「謝謝您的捧場和支持，今天我一定泡一杯好喝的咖啡給您。」沒想到他卻說：「沒關係啦，我也不懂咖啡，你隨便泡沒關係，我只是想來給你捧捧場而已。」這樣有趣的老闆，倒是讓我印象深刻，很有臺灣人那種獨特的人情味。

送走了清心冷飲店老闆後沒多久，我想：「今天終於開張賣了一杯咖啡，可以收攤回家囉！」無獨有偶，又有一位老大哥看似散步經過我的腳踏車，看了我一眼後遲疑了一下，本來已經走過腳踏車，又掉頭回來。近看約在六十歲上下、個子略矮、

塊頭頗壯，身材有點圓潤，就是一位可愛、憨直的長者。他略帶靦腆地說：「我已經來這裡找了你很多天，一直找不到也不死心，今天終於讓我找到了。」奇怪，我有欠他錢嗎？為什麼找我很多天了？

　　「找我什麼事呢？」我實在想不起來見過他。「不是啦，就是找你買咖啡啊。」他很憨厚地說：「好幾天前我大約下午五點多在這裡看到你在賣咖啡，那時就想有機會來買，結果接著幾天，每天五點多來這裡都看不到你賣咖啡，就覺得很奇怪。」我趕緊告訴他我的行程：「大哥歹勢啦！我也只有那一天是五點多到海安路這裡擺攤，就被你看到了。其實我平常都是大約七點左右才會到海安路這裡，四點到六點就是在赤崁樓那邊啦。」

　　「難怪我每天五點多來這裡都找不到。」他恍然大悟地說。知道我的行程後，他表示今天太晚了，不要再喝咖啡了，明天再去赤崁樓那邊買好了。就在我萬分感謝中，他本來要繼續散步去了，但是又遲疑了幾秒，才冒出一句話：「人都來了，也

遇到了，就現在買好了。」心中雖然非常喜歡他的憨厚個性，
但我擔心他喝了咖啡後晚上會睡不著，就勸他說：「沒關係啦，
明天再買好了。」

　「沒關係，其實是我太太要喝的，她平常都有在喝，應該沒
關係。」他回答。

　好吧，我就沖泡了一杯巴拿馬卡門讓他帶走。沖泡過程與他
閒聊時，知道他也是附近的店家，經營一間專賣炒飯、炒麵的
小吃店。果然，看起來就是那種樸實的小本生意人。他一直說：
「做生意人才知道生意人的辛苦，你也是做這種小本生意，生
活不容易啊！卡打拼，加油！以後來擺攤前繞過來我的店裡給
我看看，我再跟你『交觀』一下。」

　濃濃的人情味立刻把我給包圍，眼眶裡乎有什麼在流動著。
相較於前一個小時，那種人潮雖多但無知音的感覺，現在的我
看著眼前這位老大哥，心裡想：「他也是一
盤五、六十元的小炒生意，每天要炒多少

盤才能溫飽一家人，卻完全不吝惜對我這樣落魄的小咖啡攤買那一杯六十元的奢侈咖啡。」轉頭看藍牆那兒衣著華麗、打扮新潮的遊客，再回頭看這位質樸無華的大哥，心中感慨萬千。

　　後來，我才在福泰肉燥飯的老闆娘口中得知：做辛苦生意的人，才會疼惜做辛苦生意的人。她每看到有些小生意人生意清淡時，都盡可能地找機會去買點什麼，讓人家開市，她說：「也許我們幫他開市了，後面的生意就會一直來了。」這種市井小民的憨厚與溫暖，是我以前完全無法心領神會去感受的，而今我似乎有了一點點了解了……

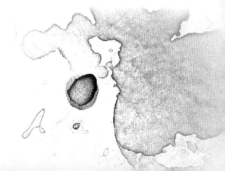

2011/8/18

技近於道

在赤崁樓擺定攤位後，福泰肉燥飯小老闆沒有幾分鐘就來指名要喝耶加雪夫。原來上次他喝的是巴拿馬卡門，卻聽另一位客人大大讚賞耶加雪夫的酸香甘甜，當時就向我說下次一定要喝耶加雪夫。今天果然就專程來喝咖啡。

泡好咖啡遞到他手上，他也沒有馬上離開的意思，看得出來他是刻意留下來與我聊咖啡的。於是我們就咖啡的豆性、產地、沖泡方式、到烘焙豆子，無所不談，而且他與上次有些不同，對咖啡的諸多名詞，也不像上次那樣似懂非懂，而是很認真地與我討論各項咖啡知識與技巧。我開玩笑說：「這幾天有偷偷做功課哦！」他一臉高興，顯然對自己鑽研咖啡的學問頗有些心得與自信了。

　　真高興在赤崁樓的牆邊結交了一位有志於咖啡學問的年輕人。看他一副躍躍欲試的樣子，向我詳細問明各種咖啡器材的配置及價格，我想他很快就會有一套沖泡咖啡的設備了。當然我也趁機把「技藝」的哲學觀提出來與他分享：我一直相信，需要昂貴器材設備才能展現成果與價值的技術，其實是金錢堆砌出來的，它的核心並不是以人為主；相對地，若不需昂貴的器材與設備，而是用最簡單的器具展現出最極緻的成果，那才是技藝的最高境界。而且這種「技近於道」的核心是人，更準確地說，是人心，因為心才是藝術或技能最後的競技之所。

＊　　＊　　＊　　＊　　＊

　　晚上又到海安路擺腳踏車咖啡，遇到昨天那位「清心冷飲店」的老闆。像昨天一樣騎著機車停到我的腳踏車旁說：「買兩杯，我今天找了一個懂咖啡的朋友來品嚐。」只見他邊打電話聯絡那位朋友，邊等我沖泡這兩杯咖啡。我泡了兩款咖啡，一杯曼特寧，是給這位老闆的，因

為他可能喝的是一般人的口味；另一杯耶加雪夫，是為老闆的朋友準備的，既然是懂咖啡的人，應該能欣賞微酸咖啡的魅力。沒多久他的朋友來到海安路，與我們一起品嚐咖啡。（不過，後來我發現他們二位陰錯陽差地拿錯了咖啡。）言談間，這位朋友果然比較懂咖啡，對這杯耶加雪夫雖也頗為讚賞，卻說風味層次不夠豐富。（其實他拿的是曼特寧，所以他是真的品味出來了，因為曼特寧向來就不以風味的層次豐富而著稱。）

當我告訴他們拿錯咖啡時，這位朋友也頗得意於自己的鑑賞能力，直說：「這樣的咖啡品質，只賣六十元真的便宜，這樣的品質隨便一家咖啡店都要一百多元。在這裡喝到算是撿到好康了。」這樣的讚美會不會太過頭了？不過顯然他非常高興，只是不知道他高興的是喝到一杯好咖啡呢？還是高興自己品味咖啡的能力有所展現呢？

＊　　　＊　　　＊　　　＊　　　＊

騎著我的哲學咖啡腳踏車回家的途中，在民權路與忠義路的

路口停紅燈，身旁的機車騎士正用好奇的眼光，看著我的腳踏車，我微笑著解答他的疑惑：「我這是賣咖啡的腳踏車。」他回答：「哦！原來是賣咖啡，哪裡啊，改天我也去買來喝看看。」他倒是很捧場。眼看紅燈就要轉綠，我快速地說：「下午赤崁樓，晚上在海安路。謝謝！」我們就在綠燈亮時互道再見。

一次紅綠燈變換的時間不過三十秒，竟也能與一位陌生人交談，這是過去我不可能做的事。更有趣的是在下一個路口，民權路與公園路的交接口，同樣紅燈，另一位機車騎士端詳我的腳踏車後問：「你這是賣什麼？」我回答：「賣咖啡，先生。」

「這是個好點子，用踏腳車改裝來賣咖啡，成本也不高，很不錯。」他說：「我以前有朋友加盟行動咖啡車，投資一百多萬耶，原先說有多好賺，之後也做不起來。你這樣好啊，風險低。」他的說法與我計畫中的想法不謀而合。匆匆幾句話，隨著綠燈亮起又各自啟程。

腳踏車咖啡開賣以來，每天下午從家裡騎到赤崁樓，晚上又

從海安路騎回家，我已習慣了路上的行人、騎士、甚至汽車裡的小孩探出頭來，投以異樣的眼光──那是混雜了好奇、疑惑、憐憫、羨慕、欣賞、鄙視的各種眼光。我一律回以微笑。觀察著人世間的各種姿態，這不就是我行動的初衷嗎，幸運的是我一次就全部收集了，不假外求，只要騎著這輛奇形怪狀的腳踏車在路上就可以。不過臺灣真的是溫暖的地方，我得到的大多是善意的關心與問候。

2011/8/19

老屋欣力的咖啡行家

下午大成國中的黃老師又來訪，帶了一杯杏仁奶酪，（聽說是家齊女中附近的名產。）雖然不好意思，但他都帶來了，總不好請人家帶回去，所以我也照例請他喝咖啡。然後兩個人又天南地北亂聊。

話中感覺得出來黃老師對國中的教書工作有些倦怠，主要原因還是中學生年齡的孩子不好管教，尤其現在的家長對教育都有一套自己的想法，所以對學校的教學內容與方式常會干預與介入，讓國中老師不知道如何是好。「現在國中生不好教的主要原因，其實是在家庭教育本身就出了問題。當孩子出了狀況，大多數的社會媒體及大眾，都只將原因歸咎於學校教育的失敗，這實在很不公平。」他說。

　　難得聽黃老師抱怨教職工作，我只好以大學的高等教育其實也不容易來回應他，看看是否能稍稍平衡他的心境。我們稱當代年輕學子為「不確定的世代」。因為傳統倫理價值觀已被我們所打破，（例如一黨獨大的專制教育。）但新的價值觀卻遲遲未能重建，所以當年輕人對自己的生活與未來充滿不確定感，最後只得把生活寄託在暫時獲得滿足感的網路世界中。

　　說到網路，我跟黃老師的看法不太相同。我認為關鍵不在網路的虛擬性及隱匿性，讓人們容易逃離現實，而是現代人普遍失去追尋生活意義及探索生命本質的動力。如果人們能夠真正省思生命的意義，為自己確立生活的目標，那麼即使是網路的虛擬遊戲，也能找到自己安身立命的所在，譬如有人就在網路遊戲中找到奮鬥努力的目標，而且得到世界冠軍的頭銜，我相信他投入的心血與努力，一定比其他人在學業或職業上的努力還多，才可能得此榮銜。

　　從咖啡談到教育，從教育聊到網路，最後從網路說到生活的目標與生命意義。兩個從事教育工作的人，雖然一個在國中一

個在大學，但我們所面對的挑戰與思索的問題，其實都是一樣的。

＊　　＊　　＊　　＊　　＊

　　福泰肉燥飯的小老闆今天又來到我的腳踏車咖啡攤，第一句話就說：「現在每天最期待的，就是生意收攤了可以來這裡喝咖啡。」我開玩笑地說：「是期待收攤可以休息了，還是期待喝咖啡呢？」他心情好像很愉快，也打趣地說：「應該都有吧！」

　　「今天想喝什麼呢？」我問道。

　　「其實我是想喝些特別的，不知你這裡還有沒有其他咖啡豆？」顯然他對咖啡這個領域越來越有興趣，也勇於嘗試不同的口味了。「好吧，我就把我個人的私房咖啡拿出來讓您試試。不過這款哥斯大黎加的拉米尼塔烘得比較淺，酸味十足，一般人可能不會喜歡，所以我只拿來自己喝。您要試試看嗎？」面對這位有心的年輕人，只好拿出我的私房咖啡豆來款待他。「好

啊，我就是希望嘗試一些不同的口味。」他倒是冒險興致高昂。

　　於是我專程為他沖泡了這杯拉米尼塔，他喝了一口之後說：「果然有點酸，不過沒有想像的那麼酸，還可以接受。」雖然如此我還是說：「咖啡的酸度會隨著溫度逐漸下降變得更酸，您慢慢品嚐。您也會發現，隨著溫度下降，它的果酸香氣與甜味、喉韻等也會逐漸明顯。」他一邊與我聊天一邊品嚐這杯拉米尼塔，過一會兒，他說：「果然越來越酸，不過也像你說的喉韻滑潤甘甜。」又過一會兒，他說：「不過真的有些酸，一般人可能不容易接受，難怪你不賣這款咖啡。」

　　他倒是說出了臺灣精品咖啡市場的窘境。撇開多數喝糖、奶精的咖啡客不談，（他們並不是真的在品咖啡，而只是在喝奶味與甜味。）就算是精品咖啡的小族群，多數人也以為一杯咖啡能苦中帶甘、入口滑順，就算是好喝的咖啡了，殊不知咖啡做為世界第二大期貨，它的產區及海拔、品種的多樣與分支、烘焙程度的深淺、各種沖泡方式，都能使小小

的咖啡呈現五彩繽紛、風味迥異的各式口感與層次變化。僅僅以「苦中帶甘」一句話就想把咖啡的豐富性全面涵蓋，無異是以管窺天。不待言咖啡的甘甜，光是它的酸，就能再區分出柑橘酸、烏梅酸、及其他各式水果酸；再說香氣，也有核果香、巧克力香、蜂蜜香、茉莉香、及各式花香……，真的是說不盡、嚐不完。

很高興來到赤崁樓這個地方，遇到對咖啡這麼有興趣的朋友，而且還勇於嘗試，下次我應該多準備幾款特殊的咖啡來與這位小老闆分享。

*　　　*　　　*　　　*　　　*

隨著夏日逝去，白晝似乎越來越短，每天在赤崁樓擺攤，察覺到夕陽西落是一天比一天早。還不到六點半，黃昏的黑暗已逐漸覆滿天際，看看天色已晚，我開始動手收攤。這時一位帶著單眼相機的年輕人走向我的腳踏車，顯然引起他滿大的興趣。他很客氣地說：「老闆，我可以拍你的腳踏車和招牌嗎？」

府城街角的哲學香

「當然可以，請隨便拍。」我很高興地回答他。

　　他拍了幾張照片後，注意到我正要收攤，趕緊說：「我還可以買杯咖啡嗎？」雖然瓦斯爐已經熄火了，但熱水壺裡還有些熱水，應該可以再泡一杯，所以我就回答：「當然可以啊，您要喝哪一種咖啡？」經介紹後他點耶加雪夫，嗯！不同於一般人的選擇，應該是一位喝咖啡的行家。果然談了幾句後，他說他在臺北時常到各咖啡館喝咖啡，暑假來臺南，也走訪了不少臺南市有名的精品咖啡店。於是當我把泡好的耶加雪夫遞給他時，還頗期待聽一聽他對這杯咖啡的評語。

　　「還不錯，不過耶加雪夫的酸味似乎有些磨掉了，是不是烘得太過了？」他客氣地評論。「果然是行家，這批耶加雪夫我的確烘得稍深，已經接近二爆了，所以酸味沒有那麼明顯。」我更客氣地回答。「不過還是很好喝，它的甘甜與喉韻都還在，果酸香氣也有保留，很好喝。」他也不吝於讚美，真是一位好人。

眼看他咖啡快喝完了，天色也從剛才的昏暗轉為全然的黑夜，似乎仍捨不得走，大概是在異鄉難得遇到一位可以談話的朋友吧！

　　打開露營燈，再細看這位年輕人，戴著釣魚帽、黑框眼鏡、皮膚曬得有些黑，引起我注意的是他穿著臺南「老屋欣力」的工作背心。（那是一個為臺南市老房子重新設計、規畫，希望為這些老房子注入新生命的民間團體。）於是我就問起「老屋欣力」的事，他告訴我，他是臺大經濟系的學生，不過他並不喜歡經濟而比較喜歡建築和攝影，眼看著讀到大四恐無法順利畢業，心情有些低落，這個暑假到臺南加入「老屋欣力」團體當志工，希望能學到一些更實務的經驗。

　　聽著他侃侃而談自己未來的理想與當前困境，我馬上了解到在我眼前的是一位聰明有主見、仍在摸索人生道路的年輕學子。於是我嘗試著用平淡而堅定的口吻，分享我這些年來摸索生命意義過程所累積的一點心得：「每當我們看到那些被媒體專訪的成功人物時，可能會心生羨慕，想追尋相同的步伐，但

我們是否想過，他（她）們的成功，我也能以相同的方式追求嗎？當然不是，每個人天生資質不同，投入努力的方向不同，就會有不同的人生道路。再說所謂的『成功』是指社會價值觀的升官發財，或功成名就嗎？那些被媒體專訪的人物，難道當初下定決心投入畢生心血時，想的是成功後如何被專訪嗎？事實上不過就是找到人生方向，加以追尋而已。如同古希臘的德爾菲神廟中碑文刻著的兩句話，一句是『認識自己』，另一句是『節制』。前者是自覺，後者是工夫。所以做一個成功的人，不必跟隨前人的腳步，而應該把自己放在對的位置上，才能尋找適合自己去發揮的能力，發光發熱。」

　　希望在這黑夜來臨的昏暗燈光下，娓娓道來的一席話，能讓面前這位年輕人了解生命的競賽，不是跟別人，而是跟自己，然後自己才能成為自己、自己才能成就自己，活出獨一無二的人生。

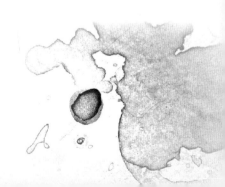

福泰肉燥飯老闆娘的心事

今天週日，本想在家休息，奈何怎麼也坐不住，想想還是騎上我的腳踏車去賣咖啡吧。心想：「賣咖啡是不是也會上癮？」現在一天不去賣咖啡，就好像有事沒辦一樣，擱在心裡怪怪的。好吧，出發！

到了赤崁樓，照例為自己沖一杯咖啡，坐在露營椅上看新買的《形而上學的歷史演變》。正看得起勁，身後傳來頗為熟悉的聲音打破了我的沉思：「老闆，你今天也有出來賣咖啡哦！上次不是聽你說假日會休息嗎？」原來是福泰肉燥飯小老闆。「您怎麼知道我有出來擺攤？」遇到老顧客，我也很高興地回應。「我在這裡已經布下眼線，看你有沒有出來賣咖啡啊！」看他興致高昂地說：「沒有啦，其實是我爸爸剛出來的時候看

到了你，回去跟我說，所以我收攤就過來找你。害我爸都說我
一直想來這裡喝咖啡，好像有些人有菸癮一樣。」

　　「不好意思，害您給父親唸了。不過，咖啡的確不要喝太多，
一天最好不要超過兩杯。我們只是要去欣賞咖啡的風味與口
感，不要被它奴役。」我好意地提供咖啡的醫學常識。不過既
然老顧客來了，當然免不了還是要問一句：「今天喝什麼呢？」
他倒是有冒險嘗新的精神：「今天有什麼特別推薦的嗎？」

　　我想起上次到嘉義烘咖啡豆時，中平老師送了我三包他小舅
烘的咖啡豆，於是我就拿出來問小老闆：「這些是我朋友烘的，
不過要告訴您，這些還都屬於實驗性質，我本想留著自己喝，
不過既然您想喝些不同的，那要不要試試看？」他一口答應，
果然很有年輕人冒險的衝勁。於是他挑了瓜地馬拉的薇薇特南
果。原因是他已經向「歐舍」網購了兩包咖啡熟豆，一款是耶
加雪夫，另一款就是薇薇特南果，所以他想在我這裡先試試薇
薇特南果的味道。

沖好咖啡後，只見他一臉嚴肅地閉起眼睛，小啜一口，微微地用舌頭撥弄這一小口咖啡，讓它與唾液混合，並在口腔內散開，充分與各種味蕾結合，以呈現它多層次的口感。看他再打開眼睛，二人相視而笑，笑的是又多了一位咖啡友。在笑聲中，我們隨興地聊臺灣教育的目的、及高等教育與技職教育的不同。

　　談話間福泰肉燥飯的老闆娘也來了，應該是來載兒子一起回家的。不過她聽了幾句我們談話的內容後，竟然把機車熄火，靜靜地在一旁聽我們說話。當她聽到我對小老闆說：「任何事物，包括學業、職場、甚至咖啡的學習，都應該『入乎其內，再出乎其外』，因為深入才能有得，所以要『入乎其內』；而不能沉溺其中，所以必須跳脫，而『出乎其外』，如此才能看到每個幽微之處建構的整體面貌。換句話說，就是既要深入細微處，又要讓視野宏觀，最後則是自由穿梭於幽微與宏觀之間，才算是學有所成。」眼睛整個都亮了起來，對她兒子說：「果然是大學老師，說的話都跟一般人不一樣，阿文啊！你要用心

聽，很多事情不要太著迷。」小老闆很不好意思地回答：「我知道啦！」她轉頭對我說：「我們家阿文真的很乖，人家大學畢業都想到大城市發展，他反而回家幫忙做生意，你看他手上的疤都是在攤子上燙到的。」

　　我也覺得這位年輕人很難得，不僅有自己的想法，還能兼顧到家人的感受，不過我也好奇是什麼事太著迷？細問之下才知道小老闆最近因為很迷咖啡，老闆娘有些擔心，還好她聽了我這番話，似乎就放心了，甚至鼓勵兒子多來跟我聊天。目送他們母子騎著機車的畫面，想到母慈子孝的這句話，心裡彷彿有股暖流一般。

＊　　　＊　　　＊　　　＊　　　＊

　　晚上，一對約五、六十歲的夫妻散步經過我的腳踏車，一直投以讚賞的眼光，說我很有創意也很有勇氣，還說散步回來再買咖啡。果然就在我等了近一小時之後，正準備收攤，他們又出現在我的咖啡車旁邊

說：「老闆，買一杯咖啡。」我說：「您們真的很有誠信，說回來買咖啡，真的就來了。」

「學佛的人是不能隨便亂說的。我們下午才聽了一場講座，說的就是誠信。我們說要回來買，就一定會回來買。」先生說。於是我沖了耶加雪夫給他們，他們就坐在路邊行人椅上，邊喝咖啡邊跟我聊天，有時還會對過往的行人宣傳：「好喝的咖啡喔！哲學系學生免費！」看得出來這是一對善心的夫妻，而且太太一直對我說：「我早就有這個構想，在臺南的景點上擺攤，賣一些有創意的東西，既可以做生意，又可以增進臺南的藝術特色。可惜的是我先生一直不肯。」先生倒是很坦白：「其實也不是不肯，只是我知道我不適合。說破了，就是提不起這個勇氣、放不下這個身段。像你這樣出來賣咖啡，我就非常欣賞，而且欽佩你的勇氣。」

「其實我也是克服了很大的心理障礙，才敢出來賣咖啡。但是人生不就是應該多勇於嘗試各種不同的道路嗎？所以我就走出了這一小步。」我很客氣地為先生說明我賣咖啡的心情。

　　看得出來他們是真的喜歡我，拉著我說了半個多鐘頭，在做生意的內容與方法上給我很多建議，例如：要到人潮多的景點如假日的安平、要多跟人們互動打招呼、多開口宣傳叫賣啊……面對他們這麼多善意的建議，我真的感受到他們的關心與愛護，心中滿是感動。

2011/8/22

社會裡的珍珠

昨天晚上騎著腳踏車回家，途中突然聽到啪的一聲，以為是後座咖啡器具掉落或破裂，急忙停下來檢查後座木箱是否有破損或變形。由於天色已暗，略為檢查之下也沒發現什麼異樣，於是就繼續騎上腳踏車，不過路上一直聽到輕微而規律的喀喀聲，猜測應該是腳踏車輪子出了問題，幸好還能騎回家，在車庫燈比較亮的地方，我就詳細檢查起來。

果然，後車輪的輪圈鋼絲斷了一根，輪圈也有點變形。當初中平所預言的事情發生了。早先，哲學咖啡行動腳踏車的規畫初期，中平就曾說：「看你設計的置物箱，裝釘後的重量應該不輕，建議你要換一輛比較堅固的腳踏車，例如古早時代的那種『武車』，不然一般腳踏車的載重負荷超過的結果，可能會

讓輪圈變形。」不過，由於這種傳統武車真的不易找，在網路上幾番找尋的結果，不是太破舊不堪騎乘，就是被當做古董高價叫賣。最後就是用現在這輛捷安特的休閒越野車進行改裝。此刻看來好像被中平說中了，不過時間已晚，只好隔天再修理。

＊　　　＊　　　＊　　　＊　　　＊

　今天的哲學咖啡日程，當然就是以修理腳踏車為首要工作。不過修車過程一波三折，頗令人沮喪。我先把所有咖啡器具卸下來，由於卸木箱是大工程，就想圖個僥倖，看能不能就這樣修理。於是牽著一輛改裝後的腳踏車，後座還載著大木箱，沿路很引人注目，到了腳踏車店，出來一個穿著整齊、雙手乾淨的年輕老闆，臉色稍有不悅地說：「木箱在後座，這樣子不能修理。」於是我只好牽著車子回家，費了一番工夫卸下木箱，再到腳踏車店時，已經是一個鐘頭後的事了。年輕的老闆這時才彎下腰來檢查輪圈，然後說：「鋼絲斷了，輪圈也變形了，不

能修了，要換新的。」問明輪圈的價格後，雖然不是很貴，但我實在不喜歡這位年輕老闆的處事態度，因此也懷疑他的判斷與估價，所以藉口太貴，先行回家再作打算；回到家想了想，決定到其他店詢問看看，於是牽著腳踏車走到更遠的腳踏車店，（是父親介紹的一位老師傅所經營。）結果老師傅檢查完，雖然也說鋼絲斷了和輪圈變形，但不必換新輪圈，只需換新鋼絲、校正輪圈即可，而且費用只有年輕老闆的三分之一。

　　腳踏車是修好了，卻引發了我的感慨。一樣的損壞程度，卻有不同的估價與修理方式：一種是直接換新的，不必細部的修理工作，所以比較節省時間，技術門檻也不高，但材料與價格就要提高不少；另一種是針對損壞的部分修理，費工、費時且需較高的技術門檻，不過這時材料與價格就呈現多種版本：第一種是已經成為「達人」級的師傅，可以依其價值收取高額費用，第二種是技術導向的「純手工」價格，工錢不低，（收費甚至高於換新零組件，所以現代人常常因「純手工」費用高，傾向不修理直接換新，這也間接加速技術傳承的斷層。）第三

種則是有技術能力但觀念還停留在「人工不值錢」傳統老師傅，他們不好意思為他們「廉價的勞工」收取太高的費用，所以只在材料費上再加一點微薄的工資而已。

　雖然我很幸運地遇到最後一種狀況，內心卻怎麼也高興不起來，反而有很多感慨與不捨。因為據父親轉述，（後來我有事無法去牽回腳踏車，所以託父親去老師傅那裡騎回來。）雖然只換一根新鋼絲，校正時卻需要來來回回調整輪圈上所有鋼絲，所以老師傅應該花了不少時間校正這個已經扭曲變形的輪圈。而這位老師傅只收了二百元。我心想：「我們的社會底層裡，竟有如許多的珍珠，不斷地散發著人性的光芒！」

2011/8/23

夏末暫別：此心安處即吾鄉

每天下午四點左右，準時從家中車庫出發，走相同的路徑，經過相同的商家、店面、臺南古蹟。兩個月的日子裡，我在相同的街景中度過我的腳踏車咖啡生活。路程雖相同，但沿途風景卻有著細微的變遷，若不是我每天走在相同的道路上，我想也覺察不出這細微的變化吧！

是什麼變化這麼細微？如果是人、事、或物，當然會吸引我的注意而刻意去觀察，但它不是人、事、或物，純粹是光影，光影的變化非常微小，微小到幾乎感覺不到，而我卻實實在在地感受到它的存在。

說起來暑假賣咖啡真的很熱，尤其騎腳踏車不僅會感受到空

氣中的高溫，更會感覺到運動散發出來的體熱。每天下午迎著
炙熱的陽光前進，即使下午四點後，毒辣的驕陽也沒有完全消
失，而且一路幾乎都是向西，這時的我在夏日豔陽下騎著腳踏
車，最渴望的莫過於找到遮蔽的大樓陰影或行道樹的稀疏林
蔭，所以我一路就這麼閃躲地在各種陰影下曲折前進。一個多
月來，也非常熟悉哪個路口有樹蔭、哪個路段有建築物的斜長
陰影、甚至停在哪個紅燈時有大型招牌的投影，幾乎本能地騎
到某個路口會靠右、轉過那條路時會挨著路邊……。

　　這是每天必經的行程，本來也不足為奇。然而隨著日子一天
天過去，我逐漸察覺有些樹蔭越來越濃密、有些大樓陰影越來
越長、有些大型招牌的投影離路口越來越遠，我發現這些陰影
正隨著季節變遷，慢慢改變它的位置，每天相同的時間，它卻
逐漸地增加寬度與長度。回想起 7 月剛開始賣咖啡時的那分炎
熱，騎著腳踏車在太陽底下孤獨前進的畫面，與
現在相比顯然已有了很大改變。有趣的是這個改
變幅度之小，讓每天生活其中的人幾乎察覺不出

來，得每天浸潤其中且經過一段日子，才能感受到它的存在。這個體會讓我彷彿真的看到了時間的流動。

　　過去常聽人說「光陰似箭，日月如梭」，用具體實物比喻時間的流逝，如今我在日月輪轉的光影變化中，真切地感受與體會到了時間的存在。我想：「光影如此細微緩慢又永遠不停地變化，我的身體不也是如此？近兩個月的暑期腳踏車咖啡行動，讓我從鏡子裡看到自己變黑變瘦了。進一步想：我的生命呢？是否也與兩個月之前不同了？但哪裡不一樣了？這些日子來遇過的人、經歷過的事、接觸過的物，是不是也讓我改變了？」

　　每天經過城隍廟時，我都會轉頭看一眼那塊刻著「爾來了」的匾，遒勁有力的書法寫出死亡哲學的終極事實——人皆有一死。但是忙著活？還是忙著死？活要如何活？死又如何死？這些年來的生命經歷告訴我：不管是生是死，人生求的大概就是「心安」而已。再怎麼忙，也不過是忙著生或忙著死罷了，只希望那一天來臨時，回想一生所有經歷，心中無愧！像匾額兩

側所掛的對聯：「做事奸邪盡汝燒香無益，居心正直見我不拜何妨。」應該就是對「爾來了」這三個字的最佳註腳了。

在這近兩個月的生命過程中，腳踏車哲學咖啡給了我什麼？在短暫的城市流浪裡我找到了什麼？或許我該問：我在找什麼？在永恆的流浪中尋找原鄉，但這原鄉不在他處，或許是在「心安」之所，大文豪蘇軾不是早就為我們印證了嗎？──「此心安處即吾鄉」。

暑假的腳踏車哲學咖啡計畫即將結束，但我發現整個哲學咖啡的行動，似乎並未找到終結點，因為我那顆不安出走的心，仍在心靈的深處跳動。卸下的木箱靜靜地躺在車庫角落，腳踏車也在一旁靜默，我知道我和它們都在期待下一個假期來臨，讓我們有更多的時間與機會，與更多有緣人在這個咖啡與哲學的平臺相遇。

2012/1/26

新春第一泡

隨著寒假到來，內心渴望出走的靈魂再度雀躍不已。選定今天初四開工，我決定再度上路。騎出自家車庫後，心中一直盤算著該到哪裡呢？去年暑假的據點：赤崁樓，已經太多人認識我，為了不再麻煩大家，今年寒假重新開張，也應該換一個新據點吧！

騎經臺南藝術中心，許多新春出遊的人潮匯聚在周圍綠地上，熱鬧非凡，好像是一個不錯的地點，不過內心叛逆的因子又開始作祟，不希望在人潮太多的地方擺置我的腳踏車咖啡。突然間，看到文化中心對面的巴克禮公園，陽光普照、樹影扶疏，人群也不少，閒散地在林間漫步，絲毫不顯急促。騎過中華東路，繞了巴克禮公園一圈，頗喜歡這片綠地與陽光，就在

此落腳吧。選定公園的東北轉角，我把腳踏車停了下來，準備開始我的「新春第一泡」。

　　剛把「哲學咖啡」的招牌擺好，就有爺孫三人走了過來，其中一位婦人問父親：「爸，你今天不是還沒有喝咖啡嗎？要不要喝看看？」身旁的孫女也加入了：「爺爺，這輛咖啡車好有趣哦，你喝喝看嘛。」老人家看了我一眼，就向我點了一杯曼特寧。（經我介紹後，改點耶加雪夫。）沖泡過程中，這位老人家很和善地問：「你這輛腳踏車滿有趣的，是自己想出來的點子嗎？平常都在哪賣啊？以前沒見過你。」

　　「我只有假日才賣，這幾天因過年放假，就出來打發一點時間。」我回答。

　　「假日才賣哦，難怪以前沒看過你。那有正職囉？是做什麼的？」新春的第一宗生意，就被老人家問到重點。

　　「其實是教書，只在寒暑假才有空來賣咖啡。」微微遲疑，還是老實說了。

「我就看你不像賣咖啡的，原來是老師啊。」老人家說道。

沖好咖啡遞給老人家，稍微閒聊了幾句後，看著他們祖孫三代向公園綠蔭走去。這才回過神來——以往總是要擺好攤子後等很久才會有客人上門，今天第一天卻在不經意的準備過程中，就賣出了第一杯咖啡，真是個好的開始。接下來的一個小時，我又陸續賣出了兩杯咖啡，這裡果然不錯，不過也可能是新春過節的關係。

＊　　　＊　　　＊　　　＊　　　＊

不久，一位怪怪的年輕人神色不定地向我走過來，雖然感覺到有些奇怪，我還是保持禮貌性向他打招呼：「您好！」

「叔叔，請問附近那家按摩店，按得好不好？」竟叫我叔叔，太讓我傷心了。

「對不起，我第一天在這裡擺攤，附近的店家我還不熟悉。」我很客氣地回答。不過，看他的神色，有些不安、又有些不好

意思，似乎不僅僅是找按摩店而已，也許他想探聽的是那家泰式按摩店到底是不是「做黑的」。年紀輕輕且看來有些靦腆的大男孩，也許正被他的生理慾望所困惑，於是我想試著轉移他的注意力。我說：「先生，那您要不要喝杯咖啡？」他大概以為我是藉故推銷，看了一眼我招牌上的價格就回答我：「不用了，我手上沒有零錢，謝謝！」

「沒帶零錢沒關係，我請您喝一杯，免費。」我再發出一次邀請。

「那好吧，謝謝。」他也不好意思再推辭了。

於是我盡量拉長泡咖啡的時間，邊磨豆子邊與他聊起來，從天氣到過年、臺南的景點、以及人生觀。這一聊就近一個鐘頭，看他長長嘆了口氣，神情也不像剛來時那樣沉鬱，我才說：「不好意思，耽擱您這麼久的時間，您沒有事要忙吧？」只見他意味深遠地向我說：「謝謝您，老闆！沒事，沒事了。」

看著他騎機車離開的身影，我似乎也看到那個曾經迷惘的年輕的自己。

＊　　＊　　＊　　＊　　＊

坐在公園長椅上看書也一個多小時了，完全沒有客人上門，大概是看我閱讀的樣子太入迷了，想買咖啡的客人不好意思打擾我吧？（這算不算是另一種阿 Q 心態啊？）就在我站起來伸展身體的同時，一對夫妻走過腳踏車，目光似乎有些驚訝與好奇，於是我禮貌地向他們打了一聲招呼順便拉一下生意：「您好，要不要喝杯咖啡？自家烘焙，保證新鮮。」

「老闆，你賣的是什麼咖啡？」果然奏效，這對夫妻走了過來。「我有黃金曼特寧、肯亞 AA、耶加雪夫三種，您要哪一種？」我很客氣地介紹咖啡的種類。

只見太太一臉不屑地說：「你沒有賣臺灣咖啡？你說的那些我都沒聽過，我們只喝臺灣咖啡。」她的神情就像是她只喝最好的咖啡，而且臺灣咖啡就是最好的咖啡。我一臉無奈：「抱

歉，我沒有賣臺灣咖啡。」說完沒再理會他們，坐下來繼續看我的書。我知道對這樣的人，說什麼他們都是聽不進去的，乾脆不說吧。

以臺灣之名命名的臺灣咖啡，其實在整個世界的咖啡市場中，幾乎沒有任何知名度與銷售量，原因當然是產量極少，僅僅供應臺灣人喝都不夠了，更不可能外銷與打開海外知名度。但是它的品質如何？這個似乎只有臺灣人才知道。雖說臺灣咖啡或許是未經琢磨的璞玉，可惜的是在我喝過的臺灣咖啡中，它的品質與價格實在不相襯，它可能具備爪哇或曼特寧的品質，卻有可娜或藍山的價格，所以它其實更近似於有錢人的附庸風雅，而不是真正追求咖啡品質的消費品。

2012/1/27

踏遍江湖的英文老師

一位略顯邋遢的長者騎著腳踏車從我的咖啡車前經過,大概是我這輛咖啡腳踏車真的有些特色,只見他時不時地轉過頭來看我。對這樣的情景我已經習慣了,所以沒有太在意,但是我仍是很禮貌地點頭微笑:「您好!」沒想到這聲招呼倒是把他給留住了,他停下腳踏車也對我點頭微笑。這個笑容親切自然且從容自在,倒也引起我的注意。

說真的,雖然這位老者的衣著有些邋遢,但我從他騎車的神態與腳踏車的品牌,一眼就看出他並不是遊民或街友,直覺他應該是附近的居民,只是習慣穿舊衣服在家附近閒逛,所以也沒有特別在意。但是他回禮的這個笑容卻強烈地顯示他應該是一位頗有內涵的慈祥長者。(我不認為遊民或街友有什麼奇怪,

每個人都有不為人知的過去，所以在城市流浪賣咖啡的經歷中，我也以平常的態度來面對這些朋友，只是我會更謹慎小心地應對，既怕傷害他們，同時也保護自己。）

　　可能他覺得我是一個可以跟他聊天的人，就這麼站在我的攤子旁與我天南地北聊了起來。我們聊的竟然是地球環保、人類未來、世界局勢、國際貿易、臺灣教育、……，真的是無所不談。只見兩個人你一言我一語，時而對某些議題惺惺相惜，但又對另一個話題爭執不下，言詞交鋒、旁徵博引、縱橫歷史與社會。終於這位老者忍不住問我：「年輕人，你應該不是賣咖啡的吧？」我也回答：「阿伯，您應該也不是一般的老人家吧？」說罷兩人又相視大笑。

　　晚輩的我率先表明自己是大學老師，僅寒暑假出來賣咖啡累積人生經歷；老者也說明自己是師大英語系畢業，（我也是師大畢業，原來是師大的學長。）當了二十多年的高中老師，退休後又到大陸經商貿易十多年，足跡踏遍整個大陸各省，除商業需求外也特別關注大陸的風土民情，（難怪他言談間經常引

用大陸少數民族的例子。）直到最近才真正退休，回到臺南老家。

　　聽完他的人生經歷，我滿心誠摯地沖了一杯咖啡給他：「阿伯，這杯咖啡，我請您啦！我們坐著聊比較不累。」於是，兩個人在陽光普照的公園長椅上，手持一杯咖啡，又開始天南地北聊起來了。

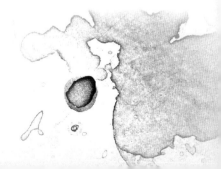

2012/1/28

遇到高手了

中午時分，我坐在巴克禮公園的長椅上，享受著南臺灣溫暖的冬陽，在我微閉的雙眼中只見手中的書籍隨微風不規律地翻動著。就在我半睡半醒間，突然有個聲音把我叫醒：「老闆，你這輛腳踏車很有創意哦！只是你可能不知道這個想法最早是我想出來的，我已經寫過文章 PO 在網路上了。」

抬頭看，一位體格壯碩、微胖的中年男子站在我眼前，我趕緊站起來：「哦，原來是前輩！其實這個構想我也是從網路上看到的，只是並不知道最早提出這個點子的人是誰，而且我也根據腳踏車的狀態重新設計整個裝載的木箱，讓它更實用些。」

「好說好說，不過您改裝得不錯啊！您也是用手沖咖啡嘛，

來，我買兩杯看看您泡得怎樣。」他客氣中又帶有指導者的口
吻。於是我泡了一杯黃金曼特寧、一杯肯亞 AA 遞給他和他太
太。太太喝了一口肯亞 AA 後說：「這杯肯亞 AA 是不是摻到
曼特寧啊？怎麼喝起來有點煙燻味，可是又帶點酸味？」前輩
喝了黃金曼特寧後也說：「你的曼特寧應該也有摻豆子，因為
喝起來有酸味，不像純曼特寧。」幸好他也給了我一些鼓勵：
「不過你泡得不錯，酸味中帶出唾液，然後在喉頭間有回甘。」
最後再給我一記回馬槍：「帶出唾液是基本的，喉間有回甘就
算不錯了，但你的咖啡還沒有達到最好的丹田回甘境界。」

「丹田回甘」這個名詞，聽都沒聽過，於是我馬上虛心請教。他也很客氣地回答我：「丹田回甘，就是那種甘甜的感覺直達丹田，然後吐出來的氣味都是甘甜的味道。」嗯，這個說法就比較讓我理解，其實前輩所說的丹田回甘，極可能就是早先錫輝老師曾對我提過的「嚥氣再吐氣」的品味方式。可見雖然名詞各異，但在品味咖啡的世界裡，大家還是有共通的審美觀。

　　既然遇到咖啡高手，當然不可放過請教的機會，或許可解答我多年來在咖啡學上的疑惑。所以我問了一個烘焙上的難題：「如何解決進入二爆後咖啡豆的煙焦味？」前輩一臉得意地說：「你問到烘咖啡最關鍵的問題了，可見你真的是研究咖啡的人。我也告訴你問對人了，這個關鍵我早就知道了，不過我沒有 PO 上網路。」

　　「我問你，你的烘豆機轉動是不是電動的？」他問。

　　「是啊，雖然我用的是瓦斯爐加熱，但轉動的確是用電動馬達。」我回答。

「我再問你，那你的轉動馬達能不能調轉速？」他再問。

「好像不行，因為它只有一個開關。」我再回答。

「這就對了。一般人都以為進入二爆後只要調整排氣閥、降低火力就好，可是都忘了豆子的轉速要加快。因為這個時候的咖啡豆已經非常脆弱，光是降低火力還不夠，還必須加快轉速，減少它在底部接觸火源受熱的時間，否則就很容易碳化了。至於要轉到多快，就要靠經驗了。」前輩一口氣說出了整個二爆咖啡豆的關鍵原理。

這一番道理說來頗切合咖啡烘焙的基本原理，且具有一定參考性，我聽完後肅然起敬，直呼：「受教！受教！」由於實在受益匪淺，我就說這兩杯咖啡應該免費招待才是，但是他還是堅持付費。目送他們離開時我心想：「在咖啡的世界裡，真的有太多探索不完的驚喜了。」

2012/1/29

咖啡館來挖角

早上特別比平常提早了一個多小時到巴克禮公園來擺攤，希望能在這種氣候宜人的週日上午，欣賞那些早晨就到公園裡徜徉在陽光綠地的人們，不同於平常趕著上班、上課的急切，所呈現的悠閒步調與神態。這時我喜愛靜靜坐在公園長椅上，看著這些扶老攜幼的身影漫步在林蔭間，在此同時，我幾乎能感同身受地享受這樣的愉悅。

一輛高級轎車駛至公園路邊，就停在我的腳踏車咖啡不遠處，一位穿著休閒但氣度豪闊的男士，從車上走了下來。只見他輕鬆地在這附近散步，一雙眼睛卻帶著銳利的目光，快速但不急促地將周遭的環境檢視一遍。為何我會注意到他？主要原因是他的神態與公園裡的其他人不同，雖然表面上仍是閒散的

步調，但他那種帶有目標性的眼神，透露出他不只是來散步而已。奇怪的是他那搜尋目標的目光，好像不是在找特定的人或物，只是瀏覽般地搜尋，這種環視周遭的態度引起我極大的興趣，因為我也常常有這樣的舉動與習慣——每當我到新環境時，通常都不急著就定位或找尋目標，而是先以一種瀏覽的態度環顧四周，以構築心中對新環境的整體認識。當這位男士將目光移到我的腳踏車咖啡時，似乎略顯訝異，也覺察到我對他的觀察。

　他向我走來，開口就說：「你好，我最近想引進高雄一家知名的咖啡館到臺南來開分店，你有沒有興趣來為我工作，幫我管理這家咖啡店？」奇特的開場白，我跟他完全不認識，而且他的樣子又不像是開玩笑。（當然，我心裡也在評估有無可能是詐騙或金光黨。）

「先生，您我一面之緣，怎樣您會想找我呢？」我不解地問。

「我看人一向很準。你敢在這裡賣咖啡，看得出來你對咖啡應該很有研究，而且你這個人，怎麼說，就是一個很有特色的人，雖然我們第一次談話，但是我覺得你不會只是在賣咖啡而已。」他倒是很豪爽地說。

「謝謝您的稱讚，我的確是對咖啡非常有興趣，但說不上有研究。這樣吧，我請您喝一杯試試，您覺得怎樣？」我很客氣地回應。

問明他喝咖啡的口味後，（原來他對咖啡也並不講究，平時多是喝拿鐵之類的調味咖啡。）我泡了一杯黃金曼特寧給他。沖泡過程中，他走到附近幾處商家，詢問這帶的人潮與消費市場，看來他是真的要在附近開咖啡館。等他回到我的腳踏車旁，喝了幾口曼特寧後，頗為讚賞這杯曼特寧與他之前喝的都不一樣，微酸中帶有甘甜喉韻，是一杯有特色的咖啡，證明他對我的看法是很準的。於是他又再次邀請我為他的咖啡館工作，這

時我只好坦承已經有正職，賣咖啡只是興趣，婉拒了他的邀請，但這位先生不死心地追問我目前的工作，我只好誠實回答在大學教書，這時他才恍然大悟地說：「怪不得！怪不得！」他大笑並向我致歉。最後拿出一張千元大鈔說：「老師，不好意思，我身上沒帶零錢，這杯咖啡就算是一千元，我交你這個朋友。」雖然他不改豪闊，但我實在不願占這個便宜，也說：「先生，既然是交朋友，就更不該拿您的錢，一杯咖啡而已，我請您好了。」一陣推拉，才把千元鈔還到他手裡。

　　看著他上車駛離公園，心想：「還真的是一段奇特的經歷，竟然有人想邀我擔任咖啡館員工！」

＊　　　＊　　　＊　　　＊　　　＊

　　下午四點多，日頭已逐漸偏西，冬日冷風陣陣吹來，開始有些許涼意，我挪了一下長椅上的位置，讓偏西的陽光灑在身上。公園裡悠閒散步的人們以及陣陣兒童歡樂的笑聲，有如天籟一般，吸引我轉頭望向那天使般的孩童在公園裡四處奔跑嬉鬧，

午后陽光透過樹梢，在他們身後灑落一地的歡樂。在我沉浸於陽光、綠地與歡笑聲交織的天堂美景時，一個蒼老帶有閩南口音的聲音，將我重新喚回人間：「少年的，這攤不錯哦！自己釘的哦？」我收回遠眺的目光抬頭看，一位老阿伯站在我前面，那張布滿歲月痕跡的臉，正用略帶蒼桑而質樸的眼神看著我。

「是啊，我自己設計、自己釘的。」我站起來客氣地回答。

「釘得不錯哦，我少年時是做木工的，我看你的手路不錯哦。不過，你用的木材不是很好，用久可能容易壞。」原來是木工前輩，難怪會注意到我的咖啡攤。

「原來是前輩，謝謝稱讚。我這是暫時的攤子，所以沒有使用比較好的木材，而且那些好木料都很重，我也怕腳踏車撐不住。」我解釋道。

「沒關係啦，我也是隨便看看而已。你很打拚，假日還出來做生意。」阿伯用頗為慈愛的眼神看著我說。

　　自去年暑假開始腳踏車咖啡行動以來，我時常遇到這樣慈祥
的長者，總是用既關懷又操心的神態來關心我這攤腳踏車咖
啡，讓我感受到無比的溫暖。他（她）們一方面很讚賞我的努
力，另一方面又擔心我的生意可能會不好，所以總是提出很多
建議，例如：哪裡的人潮比較多、或是腳踏車能如何改善、或
是除了咖啡外再賣些比較好賺的飲料等。眼前這位長者就是如
此。我邀他坐在公園長椅聊天的同時，他甚至提出家裡還留著
一批一、二十年的神州檜木 (Hinoki)，問我要不要？我吃了一
驚，心想這不就是已經禁採的臺灣檜木嗎？如果是真的，那它
的價值可不便宜，這個人情未免太大了，所以我趕緊向他道謝，
並誠實地說：「阿伯，其實我有頭路啦，生活沒問題，多謝您
的關心。你這批 Hinoki 很有價值，您不要隨便給人或賣掉哦。」
我實在不能占老人家的便宜，所以提醒他這批木料的價值。

　　「唉！你不知道啦。家裡的人都嫌它占空間，要我趕快賣掉
或送人。我前陣子就賣了些，一材一佰元。」
（一材好像指的是一尺。）老人家顯然談

到傷心的地方，接下來開始對我傾吐家裡的問題，太太好像不甚賢慧、兒子四十多歲了也不工作，整天在家裡嫌他這個老爸。談起他的家庭，臉上所浮現的蒼涼令我真的非常不捨，於是我轉移話題到他的木工專業上，他馬上從年輕當學徒說起，一直說到出師自己當老闆，一生也歷經幾段起伏的高峰及低潮，再說到目前臺灣木工技術的凋萎，眉飛色舞之餘，他也感慨地說現在的手工粗糙、木料品質不佳。

　　直至斜陽西下，寒風吹來，我才跟阿伯說：「日頭落山了，會冷了，阿伯，我要收攤了，您是不是也回家吃飯了？」看著阿伯對我頗依依不捨，我想我大概也真切地體會到他的心情吧！

2012/1/30

寒假尾聲：街頭的啟示

騎經過東寧路口，一瞥間，看見三個身影在路旁的人行道上，引起我的注意。三個身影中間是坐在輪椅上的老人，全身裹著一層厚重的棉被，雖說是冬日微寒的午后，但這層厚重的棉被仍顯得特別醒目，似乎正告訴我這位老人的身體狀況。左邊坐著一個婦人，側面向著老人，像是看著老人，又像是無神地望著遠處，不過由她坐的方向判斷，她應該是看護著這位老人。另一邊坐著的是一個年輕大男生，從他未脫稚氣的臉看來，年紀應不會超過十七、八歲，他斜躺在塑膠椅裡蹺著腳，眼睛看向車水馬龍的街道，口中似乎正和老人或婦人說話。

在川流不息的車陣中，這三個身影顯得這麼突兀不相襯，讓我不禁對他們投以好奇的眼光。或許這是一位長期臥病的老

人，恰逢兒孫來訪，在這人行道上享受著這片刻天倫；或許是老人行動不便之後，由兒孫陪伴的第一次室外活動；或許是例行性由外籍看護推著輪椅出來看人潮與車潮的日子；或許，老人早已忘卻身邊二人的存在，跌入回憶的長河中；或許，……。

太多的或許與可能，讓我不及細想，腳踏車已然快速地通過他們，只留下我滿心的疑惑與感傷。對他們而言，我不過是踩著載滿咖啡器具的腳踏車的過客，但對我來說，他們三人的身影深印在我心裡揮之不去，觸動著我對時間流逝的傷感。

我虛想著，如果我是這位老人，可能正面臨著生命最後階段的考驗，在身體行動不便之際拖著風燭殘年的身心，只等著最後那一日的到來。時間對我而言，早已失去了意義，日復一日地數著分秒流逝，只是為多呼吸一口氣。像今天這樣，能夠坐在人行道上看著路上的行人與車子，對我來說已是莫大的恩澤，誰知道明天的現在，我是否還能坐在這裡看著同樣的街道呢？唉，猶記年輕時揮灑青春的歲月，於今看來，不論是平凡或奇特的人生

經歷，都只能是記憶的一部分了。

　　我不禁為這位老人感嘆時間不復返、唏噓著年華的逝去。人啊！你到底為何而生？又為何而死呢？數十年的寒暑，讓一個初生嬰兒，從兒童、青年、壯年、到老年，期間每個人都有屬於他專有的流金歲月。但不論是聖是賢、是奸是惡，到頭來都走向人生的終點——死亡。

　　不過死亡還不是最令我感到恐懼的，死亡本身並不可怕，真正讓人難堪的是死亡的過程與死亡前的掙扎——可能是病得只剩一口氣，也可能是在急診室裡全身插管⋯⋯。不禁感嘆都市邊緣的獨居老人，或是被人們遺忘的流浪漢，都成為沒有了生存目標的現代人。其實，所有的人們都活在一個不斷步向死亡的過程。

　　既然終必一死，那為何要生？為何偏要到人間來走這遭呢？我沒有答案。或許我這一生就是為了追尋這個答案而生的吧！

　　隨著寒假結束，哲學咖啡的計畫也終於完全告一段落。從城

市裡流浪這個念頭開始，到現在重新思索生死問題，或許這才
是一切的起點，也是所有的終結。人生一遭何嘗不是一趟流浪
的旅程？再見了，我的腳踏車咖啡，更大的生命流浪旅程，正
等著我開始呢！

帶著味蕾
行遍咖啡世界

如何烘焙咖啡？

　　烘焙對咖啡風味的影響之大，可說是決定了咖啡 80％的表現，剩下的 20％才是交由沖煮來發揮。所以一款出色的咖啡生豆若是烘焙失敗，不論是任何沖泡高手，都不可能使杯子裡的咖啡呈現好味道；（最多掩蓋一些味道上的瑕疵。）反之平庸的咖啡生豆經過巧手烘焙後，也可能發揮超過 100％的實力，呈現出超越本來水準的風味。因此烘焙對於咖啡的重要性可能超乎一般人的想像。

　　大體而言，烘焙對於咖啡風味的影響是：**烘得淺，香氣較奔放，質感較乾淨，酸味表現較出色，若沒有處理好則會產生澀感與酸味；烘得深，香氣較內斂，質感也較厚重，甘甜味也較能凸顯，若沒有處理好則會出現不好的苦味。**雖然在想像中，任何一種咖

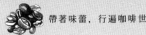

啡豆都應該能用不同的程度來烘焙，並得出不同風味與口感的熟豆，事實卻不是如此，每種咖啡豆都有最適合的烘焙深淺度。有的範圍窄、有的卻很寬，也就是為何烘焙技巧必須處理得當。顯然，烘焙的深淺程度也必須搭配咖啡豆本身的特性，才能恰到好處地表現咖啡豆的最佳狀態，例如衣索比亞的耶加雪夫就必須要用淺焙才能將它的水果香與酸味呈現，若用深焙的方式，將那迷人的酸香味磨掉，取而代之的是無特色的苦味，那才叫暴殄天物。

　既然咖啡「好喝」的關鍵在烘焙，我們就不能不談烘焙的原理。烘焙僅是深淺程度的差異而已嗎？當然不是，咖啡豆的烘焙可說是一門大學問，從咖啡生豆加熱至滿意的熟豆，其間經歷脫水、悶蒸、水解、衝火、一爆、滑行、二爆等階段，每階段都對咖啡豆的熟成與風味有一定程度的影響，所以坊間也根據這些烘焙階段設計出各種不同的烘焙方式與機器。其實有關烘焙的書籍非常多，也都有其獨到見解，可以想見烘焙技術在整個咖啡的學問中占有非常重要的地位，當然也透露出烘焙技術的難度與複雜性非常高。囿於篇幅，我在這裡大致說明烘焙入門的五大階段：「**脫水、催火、一爆、二爆、下豆**」。

（一）脫水

當烘爐預熱到特定溫度後，將生豆放入烘焙爐中，爐溫就會開始大幅下滑，這就是第一階段的吸熱（endothermic）現象，生豆中的大部分水分在此階段中會被去除，以求爐中所有咖啡生豆的均質化，為後續的各個烘焙階段做預備。一般生豆的水分含量約在 10 ～ 12%，主要包括兩部分：一是存在於生豆內各細胞間的「自由水」，是咖啡果實水洗或日晒處理後殘留的多餘水分；（由此可知，水洗豆比日晒豆的含水量高。）另一部分則是封在細胞內的碳水化合物分子中。脫水原理是以熱力蒸發生豆內多餘的自由水成為爐中的水氣，藉水氣來控制導熱，讓生豆不致有過熱與焦黑的現象。因此，脫水階段也稱之為「蒸焙」，閉鎖在細胞內的水分則開始為後續的化學反應累積足夠的熱量。生豆的含水量與處理過程、貯存方式、貯存時間皆密切關聯，水洗豆、新產期的生豆及潮溼的貯存環境都會造成含水量高的情形，一般而言，含水量高的生豆呈現深綠或灰綠，含水量低的生豆則呈現淺綠或白綠，當含水量低於 10%，豆色會呈現白黃色。含水量低的生豆較容易烘焙，脫水時間也較短，因此可能會由於蒸焙時間不足無

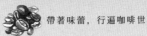

法累積足夠的熱量，導致後續的化學反應不全，讓咖啡在烘焙後，無論是香氣或風味等皆不足；含水量高，生豆就容易發霉或發酵而走味腐敗。脫水階段的火力大小所造成的脫水快慢，都影響化學反應的進行，所以有經驗的烘焙師，會從豆子的顏色和味道變化來判斷脫水是否完成：生豆水分蒸發，**豆子由深綠或灰綠轉為淡綠或白綠，再轉為綠黃、淡黃，接著變為黃色、黃褐色；豆色由綠轉黃時可抽出取樣細聞氣味，當青草味和穀物味消失，轉為烤花生的香味時，即可判定脫水已完成。**

（二）催火

　　脱水完成，開始加大火力，就是催火。**此時火力是五階段中最大的**，因為此時豆子必須取得足夠的熱量，才能順利進入第三階段的一爆或第四階段的二爆。那麼為何不等到第三或第四階段再來加強火力呢？因為豆子進入第三或第四階段時已經受熱火烘焙了十多分鐘，此時豆體已經相當脆弱，再補以大火的話，就會碳化變得焦苦；既然豆子不宜在第三或第四階段加大火力，卻需要足夠的熱量來完成一爆或二爆，那只有在脫水後、一爆前適時地補以大火，這就是催火階段的任務。

（三）一爆降火

　　成功製造熱衝力後，烘焙爐會迅速達到咖啡豆焦糖化與香氣醞釀需要的溫度，（約攝氏 170~205 度，焦糖熔點為 186 度，恰好在這個區段內。）此時催火完成，將進入一爆。**一爆的化學反應是五階段中最重要的，咖啡中最重要的酸味與香味都在這個階段中完成**，它不但提升咖啡香，也讓咖啡豆更膨脹，表面更平整。一

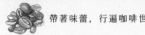

爆期是：當爐溫升至 160 度以上，豆子表面呈現奇醜的皺摺或黑色斑紋，咖啡細胞裡水分不斷蒸發；攝氏 180 度左右，細胞裡的糖分開始焦糖化，各種酸香氣也進行反應，製造出大量二氧化碳和水氣，細胞壁承受 20 至 25 倍大氣壓力而終至破裂，發出爆裂聲，即所謂的一爆；爆裂聲持續一至二分鐘，豆子體積變大、比重驟降，爐內咖啡豆從原先的吸熱狀態轉為放熱狀態，若不立即調降火力，爐溫會因火力與一爆的熱效應而竄升，使豆子表面碳化變苦，酸香化合物也來不及反應聚合，因此有經驗的烘焙師通常會在聽到一爆聲響前降火，以催火末期的熱衝力進入，以及靠豆子在一爆放出的熱量達到整個爐溫的平衡狀態；（說來好像簡單，困難的就在一爆前如何看出或聞出它即將一爆，掌握時間點。）一爆末時，爆裂聲由密集轉稀疏，終至結束。咖啡酸香味最濃的就是一爆階段的烘焙過程，喜好酸香味的咖啡客會在一爆中段至二爆前趕緊下豆出爐，若不愛好酸味的咖啡客或適合深烘的咖啡豆種，則繼續烘焙，靜待二爆的到來。

（四）二爆微調

　　一爆結束後，有一至二分鐘的沉靜滑行，此時咖啡豆轉為吸熱狀態，直到爐溫升至攝氏 203~212 度左右，咖啡豆細胞壁再度承受不住內部壓力而爆裂，發出第二次的爆裂聲，此即所謂的二爆期。二爆的聲響比一爆細微急促，此時開始進入中深焙，細胞內木質纖維素中的諸多芳香成分開始揮發，傳出深烘豆特有的濃香，且油脂與咖啡中的胺基酸、醣類、蛋白質等物質聚合濃縮成咖啡油脂精華。二爆的烘焙是一個需要非常細心的階段，因為經過焦糖化後，豆體已經很脆弱，一部分的纖維也碳化了，二爆與一爆又同樣是放熱狀態，所以火力要再調降，改用微火甚至關火滑行，以減低碳化程度。（又是聽來簡單但操作困難的步驟，微火漸小至關火的時機，都是烘焙師的大考驗。）因此，**二爆階段為的是提高焦糖化、減少纖維素碳化，是重焙豆的關鍵**，此階段稍一不慎，整爐豆子就會全是煙焦味、成為難以下嚥的苦咖啡。

（五）下豆冷卻

　　不論是淺焙、中深焙或深焙，下豆出爐之後，由於豆蕊仍有餘熱，（其實剛出爐的豆溫高達攝氏 200 多度。）烘焙仍持續進行，所以如何讓已經是最佳溫度的豆子出爐後迅速降溫，不致因餘熱而加深烘焙度，就是最後的冷卻階段了。（**一般而言，冷卻必須控制在四分鐘內降至室溫。**）千萬不要小看冷卻的重要性，如果烘焙機冷卻盤吸熱效果不好，出爐的淺焙豆可能會變成中深焙、中深焙可能變為深焙、深焙豆更會變成木炭豆而報廢。

　　烘焙完的咖啡豆，大致可區分為六個深淺程度：肉桂烘焙（cinnamon roast，或稱極淺焙）、城市烘焙（city roast，或稱淺焙）、全城市烘焙（full city roast，或稱中深焙）、北義式烘焙（northern italian roast，或稱深焙）、南義式烘焙（southern italian roast，或稱重焙）、及法式烘焙（french roast，或稱極度深焙）。至於如何以豆色來認定烘焙程度，目前尚無定論，仍屬各家烘焙師與咖啡客自由心證。

如何萃取一杯咖啡？

　　一杯好喝的咖啡，沖煮技巧不過占 20%，最多不超過 30%。相形下，烘焙過程是最重要的關鍵，不過有大批的咖啡饕客還是拚命在沖煮技巧上追求極致。大體說來沖泡咖啡的變數較單純，不像烘焙那麼複雜與難以掌控，想沖泡出一杯好喝的咖啡，考慮的因素不外乎是豆子的新鮮度、水質軟硬度、與水的比例、萃取時間、溫度及研磨粗細度等。至於沖煮方式，端看個人的喜好，常見有手沖、虹吸、摩卡、義式、美式、冰滴等。方式不同，泡出來的咖啡口感不同。以下就沖煮咖啡的變數來介紹，再輔以各種沖煮法來說明咖啡的萃取差異。

　　影響咖啡好壞的要素，首先是咖啡豆新鮮度，這是香醇咖啡的先決要件，無論是再厲害的咖啡好手，也無法將已經走味或發霉

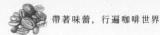

的咖啡豆救回來。**一般說來，咖啡出爐後三至七天是最佳賞味期，**（前三天是養豆期，讓出爐的咖啡豆，有時間消除爐火的燥味，且慢慢醞釀出香味。）一週後咖啡香氣逐漸老化消失，烘焙至二爆的重焙豆比一爆出爐的淺焙豆更不耐久放，（淺焙豆大致可以存放二週。）所以我建議喜愛咖啡的朋友，**千萬不要喝出爐超過兩週的咖啡豆**，因為它不僅不新鮮，可能還會喝進一些氧化變質後的致癌化合物。

那麼該如何判斷咖啡豆是否新鮮？除了包裝上的出爐日期外，我們還能如何判斷？其實很容易，**新鮮的豆子如果使用手沖萃取，咖啡粉經熱水浸潤會明顯隆起膨脹，有厚實綿密的泡沫層**，若不是新鮮研磨，咖啡粉就難以膨脹甚至發生塌陷，泡沫層就會是稀薄狀的，甚至沒有泡沫層。這是由於新鮮咖啡豆中富含二氧化碳，遇熱水沖泡時會膨脹逸出，使咖啡粉產生泡沫，帶出大量咖啡香，

二氧化碳會隨著時間散失，同時帶走大量的芳香質，所以不新鮮的咖啡豆早已沒了香氣，熱水沖泡也不會膨脹產生泡沫。（某些進口的名牌咖啡豆，經常標示保存期限為六個月或一年，它可能有充氮處理防止氧化變質，但我還是不信它能保存新鮮豆子那股新清香氣；而國內咖啡店家自行烘焙出爐的咖啡豆，由於沒有充氮處理，它的保存期限就無法超過兩週，如果它的標示期限超過一個月，甚至六個月或一年，就太不可思議！）

除了咖啡豆的新鮮度，影響沖煮的變數還有萃取水。一般說來，**咖啡豆與水的比重大概落在 1:10 至 1:17 之間，喜好濃重口味的咖啡客可以用 1:10 至 1:12 的比例來沖煮，若是口味較淡者不妨用 1:13 至 1:17 的比例。**不過咖啡豆與水的重量比也和沖煮方法有關，例如手沖式咖啡是透過熱水直接注入咖啡粉來過濾萃取，水與咖啡的溫度較低，時間也少，為避免口味太淡，建議可以提高比例，如 1:10 到 1:12；虹吸式咖啡是咖啡粉完全浸泡在水中，以酒精燈或汽化爐加熱，萃取時間長且水溫高，所以可選擇稍低的比例，約 1:15 到 1:17；至於美式淡咖啡的比例則是 1:17 至 1:23，大概是

所有咖啡沖煮方式中最淡的。[8] 另外用來萃取咖啡菁華的水，以溶劑這個重要角色而言，水質當然重要：**富含礦物質的礦泉水大概是首選**；家用的自來水雖然也有許多礦物質，但臺灣的水廠習慣加氯消毒，恐怕泡出來的咖啡會有漂白水的味道，不建議直接使用，最好是家用自來水加裝過濾器後使用，（除 RO 純水機外的其他機型。）因為它除氯後仍保有許多礦物質；至於 RO 純水機或蒸餾後的純水，既不會使咖啡的萃取加分，也不會扣分，就是平實地將咖啡菁華溶解出來而已。

　　最後影響沖煮的變項是萃取溫度、時間與研磨粗細度。**咖啡研磨粗細度和萃取時間成正比**，即研磨越細，芳香成分越易被熱水萃取出來。所以萃取時間要盡可能短，以免萃取過度而濃苦；反之磨得越粗，芳香物越不易萃取，所以萃取時間要延長，免得萃取不足沒味道。例如義式濃縮咖啡以攝氏 92 度高溫與 8 至 9 個大

---

[8] 有關咖啡萃取比例，雖說每個人對濃淡喜好不同，但是國內咖啡達人韓懷宗曾根據美國國家咖啡協會 (NCA)、美國精品咖啡協會 (SCAA)、歐洲精品咖啡協會 (SCAE)、咖啡濃度測量儀 (ExtractMoJo) 四大機構的統計，建立了一個咖啡萃出率與濃度的最佳比例原則，稱之為「金杯準則」，即萃出率 18%~22%，濃度 1.15%~1.55% 的完美比例。其中，萃出率＝萃出滋味物重量／咖啡粉重量；濃度＝萃出滋味物重量／咖啡液毫升量。

氣壓的方式，在 20 ～ 30 秒內萃取出 30c.c. 的咖啡液，大概是所有沖煮法中萃取時間最短的，所以它的研磨度比手沖、虹吸、摩卡或法式濾壓等來得精細。另外，在臺灣很受歡迎的虹吸和手沖，兩者粗細度差不多，雖然虹吸時間比手沖少 2 分鐘，（虹吸約 1 分鐘，手沖則控制在 3 分鐘完成。）按理應該要研磨得更細，但虹吸的萃取溫度比手沖高出約 10 度，（虹吸約 95 度，手沖大致在 85 度。）應該又要磨更粗一些，因此兩者的研磨程度不相上下。

我們可以看出，萃取溫度也是重要因素，但如何選擇適當的萃取溫度呢？原則上就是**沖煮水溫與咖啡豆的烘焙度成反比**，即萃取深焙豆的水溫最好比淺焙豆的水溫低。因為深焙豆碳化物多，水溫過高會凸顯焦苦味，反之淺焙豆的酸香物較多，水溫太低會使活潑的酸香變成死酸而澀嘴。不過要注意，水溫越高，萃取時間就要越短。

以上僅是個人對沖泡咖啡的一些心得與看法，提供給喜愛咖啡的同好們分享之。

手沖咖啡的魅力為何？

　　在這裡我並不打算介紹所有的咖啡沖煮法，只選擇我這次行動腳踏車咖啡中的主要沖泡法：「手沖式咖啡」來介紹。十年前第一次接觸到手沖式咖啡後，我就深深愛上這種咖啡的獨特風味。手沖易學難精，是所有沖煮法中最能展現技巧的萃取方式。舉凡水溫、水量、注水快慢，全靠沖泡者自己拿捏，所以在同款咖啡豆中能詮釋的味道與口感極為多樣，咖啡的想像空間也無限寬廣。與此相比，虹吸式就只能在固定且狹窄的溫度範圍內變化。

　　手沖的最佳萃取水溫視烘焙深淺而定。越深焙的咖啡豆水溫越低，反之，淺焙的豆子水溫可以高些。但怎樣才是適合的溫度？這就有賴於個人的口感喜好與沖泡時的悟性，並沒有固定的規則。

府城街角的哲學香

例如有次我不小心烘出一批稍微過深的豆子，若按一般沖泡過程，一定會有焦苦味，苦惱間我靈光一閃，使用約 70 度的低溫來沖泡，這批二爆密集的豆子非但不焦苦，更有股溫潤滑順的口感喉韻；我也曾對一批淺焙的豆子使用 92 度的高溫沖泡，結果意外地得到甘甜潤喉的質地。（一般我會用約 85 度的水溫來沖泡，品嚐它迷人的酸味與香氣，但缺點就是滑潤度稍不足。）

手沖又可分為斷水法與不斷水法，同款豆子依這兩種方法會有不同風味。原則上斷水法的咖啡較濃醇厚實，不斷水則較甘醇淡雅，視個人口味與喜好作選擇。斷水法的萃取過程是：

醒豆悶蒸 → 第一次注水 → 第二次注水 → 第三次注水。

醒豆悶蒸是以細小水注溼潤咖啡粉後停止注水，（咖啡粉最好先挖一小孔，不僅方便注水，也能確保咖啡粉均勻受熱水包覆溼潤的狀態。）此時咖啡粉隆起膨脹，（若沒有膨脹，可能是咖啡粉不新鮮，或者是極淺焙的豆子。）杯底會有幾小滴咖啡滲出，意味著醒豆完成。（若是完全沒有滲出或滲出太多均不佳，前者

表示熱水不夠，咖啡粉無法完全溼潤；後者是熱水太多，使杯底殘留過多味道稀薄的咖啡。）醒豆時間不宜過長，以免悶出焦苦味，一般只需 5 至 20 秒即可；（豆子越深焙，醒豆時間越短。）接著是第一次注水，從中心開始注水後依順時鐘方向由裡向外、再由外向裡畫圓，直到水位達最高點停止注水。要留意注水至最高點時必須以不破壞咖啡粉的結構為原則，否則熱水會直接碰觸最邊緣的濾紙，使熱水沿濾紙滲至杯底，無法萃取咖啡的菁華；等濾斗中的水快流完時再進行第二次注水，動作同第一次注水，如此重複第三次注水。時間控制在 2 分 30 秒至 3 分鐘以內。這需要多次練習，才能體會注水的節奏與風味的關聯。（基本上，注水越慢，拉長萃取時間，咖啡越濃郁。）

　　其次是不斷水法的步驟：剛開始以極細小水注從中央緩慢注入熱水，（咖啡粉中央最好也挖一小孔。）開始注水要細而慢但不要斷，待咖啡粉從中間慢慢隆起展開到濾斗邊緣時，再由裡向外、由外往裡畫圓，水注不要斷，如此來回進行，水注可採先小後大，萃取速度先慢後快，時間一樣控制在 2 分 30 秒至 3 分鐘。

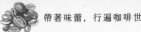

手沖最大的優點就是只要有熱水壺即可進行沖泡，不需酒精燈或瓦斯爐，加上方便清理，是最方便簡易的沖泡咖啡法；另外濾紙可過濾掉咖啡油，讓咖啡因含量降低，所以也是最健康的沖泡法。但要注意沖泡前先以熱水溫杯並沖潤濾紙，一方面保溫，一方面沖掉濾紙上可能的螢光劑或紙漿味。（最好使用土黃色的濾紙，因為純白色濾紙通常是漂白後的顏色。）經過上述的介紹，大概已經能夠說明我為何在腳踏車咖啡的行動中採用此種沖煮咖啡的方式了。

怎樣才是一杯好喝的咖啡？

　　由於每位咖啡客都有屬於自己的咖啡喜好與口感，所以好喝的
咖啡定義，其實對每一位咖啡客而言可能都不一樣。若真的要為
好喝的咖啡定義，不論結果如何，大概都不可能滿足所有喜愛咖
啡的人。雖然如此，好喝的咖啡也並不完全沒有標準，品嚐與鑑
賞好喝的咖啡，還是有些可參考的依據。最常被用來形容咖啡風
味的標準，大概是俗稱的「四味一香」。**所謂「四味」是指咖啡
的香味、苦味、酸味、和甜味；而「一香」又特別指前述香味中
所散發的香氣。**以下，我謹就品嚐咖啡時常使用的「四味一香」
做為基本的參考依據加以說明。

　　什麼是香氣？香氣是咖啡品質的生命，也最能表現出咖啡生產
過程、烘焙技術與特色。許多人開始愛上咖啡的原因，大多就是

被那種特殊的香氣吸引。咖啡香氣又可再區分為乾香氣與溼香氣兩種，前者是咖啡沖煮前的味道，剛研磨好的咖啡粉香氣更明顯；後者則是指咖啡沖煮後的味道，（當然是指咖啡本身，而不是那些咖啡渣。）也是品嚐咖啡後留在口腔與鼻腔中的香味。咖啡的乾香成分主要是生豆在烘焙過程中產生的，許多物質生成及變化都極為複雜，目前經色譜法氣體分析的結果，證明咖啡的香氣是由酸、醇、乙醛、酮、酯、硫黃化合物、苯酚、氮化合物等，近數百種揮發性成分複合而成，大致說來，脂肪、蛋白質、醣類還是香氣的主要來源。（爾後這些香氣的成分經過熱水沖煮，會再次複合而產生溼香。）

香氣在烘焙過程中不斷變化，甚至烘焙完成後也會在空氣中持續氧化而改變，因此**香氣的消失或變味意味著咖啡品質逐漸變差或變壞**，這是喜愛喝咖啡的人不可不知的。（尤其帶有油漬的刺鼻味。）曾經有一位友人購買了一批價格不斐的咖啡熟豆，因其珍貴而捨不得常喝，總是在朋友來訪時才珍重地拿出來饗客，某日我去探訪這位友人時，他知道我酷愛咖啡，於是也拿出這包買了逾數月的咖啡熟豆來請我品嚐，誰知打開包裝一聞，濃重的油

漬味嗆鼻而來，我馬上告訴友人：「這批咖啡豆千萬不可再喝，它的香氣不僅已經變味，且從它表面布滿油光的狀況看來，它極可能已經變質而產生致癌的黃麴毒素或赭麴毒素。」友人聞言色變，急忙將這批咖啡丟棄。由此可知，香氣在咖啡的品味中占有極重要的角色。

其次我們來談咖啡的苦味，這大概是除了香氣以外，咖啡最重要的基本味道。咖啡生豆幾乎是沒有苦味的，即便化學成分上它確實存在，但在味覺上的感受度幾乎是「0」。那麼咖啡特有的苦味是從何而來？主要原因在於烘焙。整個咖啡生豆的加熱過程中，糖分、澱粉、及纖維質，會開始焦糖化與碳化，加上咖啡中獨特的生物鹼、綠原酸等多醣體，及鈣、鎂等金屬鹽，綜合構成了咖啡的苦味。因此咖啡的苦味主要根據加熱時間、火力強弱、烘焙深淺度而定，這決定了咖啡80%的苦味來源；苦味也會在沖煮過程中產生，它受到溫度、浸泡時間、研磨顆粒的大小影響。所以想要喝到一杯醇厚苦味的咖啡，（不是像藥一樣附著於舌根久久不散的苦澀。）除了生豆的品質要好，更需要具備烘焙到沖煮的豐富知識與技術。

另外，有關咖啡苦味的說明，還有兩點要澄清：一是咖啡因的輕重；一是與酸味的均衡。先談咖啡因，一般人以為「烘焙度越深，苦味越重，咖啡因也越多」，這完全是誤解。雖然咖啡因的含量多寡與咖啡生豆的品種有直接關係，但烘焙加熱的過程的確會隨烘焙的階段而有所變化，只是結果與一般人的想像是完全相反的。淺烘焙的咖啡，**咖啡因的藥理作用越強；深烘焙的咖啡，咖啡因的含量反而會減少**。接著我們再談酸味與苦味的關係，這是臺灣早期的咖啡客較少觸及的，我常聽一些喝咖啡有二、三十年經驗的老咖啡客說他們喝不慣酸咖啡，甚至還會聽到這些前輩們競相以能喝又苦又濃的咖啡為傲，讓喝咖啡這件愉悅的事變成了比喝

苦的能力。一般而言，酸味較強的咖啡，苦味較弱，相對地，苦味為主的咖啡，酸味也會顯得不足，所以許多咖啡客常在苦味與酸味間抉擇，好像是魚與熊掌的兩難。若我們換個角度想，因為酸味和苦味的比例調配，才能給予咖啡在口味上的混搭，如此一來反而讓我們在品嚐咖啡的同時有極大的發展空間，這也是咖啡的另外一種魅力。

　　酸味與苦味構成了左右咖啡品質與味道的兩大要素，在此我們當然要探討咖啡的酸味。**最直接影響咖啡酸味的因素就是生豆的豆種與產地的不同**：以品種論，阿拉比卡原種豆就比羅布斯塔原種豆酸；以栽種的海拔高度而言，高地栽種的咖啡比低海拔栽種的咖啡更酸；而聞名咖啡界已久的肯亞咖啡，更以含磷土質而生產出獨特迷人的酸味著稱。**咖啡的酸味也和收成年分、貯存時間、烘焙過程、沖煮方式有關**：若收成當年的氣候與雨量，使生豆的含水量高，酸味就會較明顯；剛採收的豆子又比採收後貯存一段時間的豆子酸；生豆經過適當的熱作用後會水解產生酸味，但通常指烘焙過程中「一爆」前的階段，「一爆」後隨著烘焙的時間越長，酸味會逐漸轉弱；最後沖煮的萃取方式也會影響咖啡的酸

　府城街角的哲學香

度，一般而言，萃取的時間短、水溫低、研磨顆粒粗，都會提高酸度。

不過，咖啡的酸味究竟從何而來呢？咖啡的酸味是由許多有機酸構成，在揮發性的酸味上，有蟻酸、醋酸；在非揮發性的酸味方面，則有乳酸、草酸、琥珀酸、蘋果酸、酒石酸、檸檬酸、奎寧酸等。通常水溶酸在烘焙的淺焙到中深焙間會逐漸增加，PH 值會漸低，當繼續烘焙則漸次減少，PH 值會增加。綜合說來，烘焙較淺的豆子，酸較豐富，而烘焙度較深的咖啡，酸味表現就較缺乏。酸的種類隨烘焙增減變化的情形而不同，所以如何透過烘焙的知識與技術，保留那些迷人的酸味、去除帶有澀感與刺激性的酸味，就成了許多烘焙師傅獨門的功夫了。

透過酸味呈現，許多咖啡客提出另一個有趣的形容詞：「明亮」。

明亮？這不是對光影的形容詞嗎，怎麼也用來品評咖啡？其實這是許多咖啡客對咖啡的一種感受，是指咖啡所呈現出來的清楚味道，就像是拿黑色的筆勾勒出圖案的輪廓。而是什麼讓咖啡呈

現這樣的質感呢？簡單來說就是酸味。因為酸能讓味道表現得更明確，如同許多大廚師都知道利用醋來提味一樣，酸在咖啡中是最能清楚做為所有味道背景的，例如在酸中更能體會甜味或苦味。

最後要談的是甜，這是精品咖啡所特有的，與前述醇厚苦味成為互為表裡的一體關係。換言之，咖啡的苦味如果不能在品嚐過程中逐漸轉為甘甜，那麼這種苦味僅僅是咖啡豆碳化的過程所附著的焦碳味，只有在良好的烘焙過程下，使碳化與蔗醣、葡萄醣等碳水化合物產生焦糖化的作用，才能微妙地與單寧酸互相結合，產生帶苦的甜味。（咖啡生豆所含的糖分約有 8%，烘焙後銳減至 1.5%，大部分的醣均轉化為焦糖，為咖啡帶來獨特褐色色澤。）這種甜味的產生在咖啡的製作過程中頗為難得，需要在適度的熱作用之下小心地孕育出來，在烘焙或沖煮過程中，只要這個熱處理稍微過度，它馬上就喪失殆盡。

焦糖化過程中除了產生甜味，還會伴隨另一種現象：就是餘韻回甘，許多人知道一杯好喝的茶，喝完後會在喉頭有甜甜的回甘，咖啡也一樣。餘韻指的就是喝完咖啡後繼續留在口中的味道，除

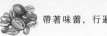

了回甘外，我們舌頭味蕾上所嚐到的味道，也會在餘韻中出現，久久不散。（如前述所提的香、苦、酸等。）所以餘韻的優劣，常常是以留存於喉頭的味道是否持久為依據，像我在喝完一杯咖啡後，通常捨不得再喝水或吃其他食物，為的就是延長這分餘韻。而為何會有這分無比回味的餘韻？那是因為碳化與焦糖化時，咖啡中的油脂被醇化，產生質感滑潤的酯質，（有些咖啡客也形容這種感覺為質地或厚度，指的就是這種口感。）這分酯質蘊涵著咖啡中的所有味道，尤其甜味。喝進咖啡時它也包覆了我們口腔與喉頭的表面，持續地散發咖啡所獨有迷人的味道。

　　當然上述這些品嚐與鑑賞的依據並非絕對標準，而是一般咖啡客經常列舉的相對標準，我只是在這裡稍作整理與歸納，以提供各位一些參考方向。

咖啡產地的迷思？

　　咖啡的產地與品質有關嗎？答案是肯定的。咖啡產地主要分為四個地域，即非洲、中南美洲、海島、及亞洲，它們各自擁有不同的地形、氣候、品種、及栽種方式……等，所以各有其不同的特色與風味，以下我就這四地的咖啡豆來分別說明。

（一）非洲

　　非洲是咖啡的起源之地，目前世界期貨市場中，咖啡是第二大宗的經濟作物，它就是從這個黑色大陸開始風靡整個世界的。因此即使咖啡歷史已歷經數百年，目前為止非洲還有許多原生的咖啡樹種尚未被開發。一般在歸類產區的時候，通常會把隔著紅海與非洲相望的葉門放進來一併討論。事實上，當咖啡踏出它的母

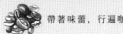

國——衣索比亞之後的第一個落腳處，就是葉門，所以把葉門視為非洲產區是可以理解的。

　　就外表來說，非洲豆的顆粒比較小，也由於多是採用日晒乾燥法處理，所以生豆大小會有參差不齊的狀況，偶而還會摻雜一些小石子、穀類、樹枝等雜物。不過這些小缺點都無損於非洲豆優異的表現。從味道來說，非洲咖啡的香氣幾乎在第一時間就會引起人們的注意，而且這種香氣通常帶著濃厚的水果風味，因此以味道來辨認咖啡產地的話，非洲豆可能是最容易辨識的。伴隨著水果香氣般的迷人酸味，讓非洲豆感覺明亮、奔放，所以喝起來常常令人精神為之一振。而相較於奔放的香氣與酸味，非洲豆的厚度會比其他產地的咖啡豆略薄一些，甘味也較內斂。這樣的特色讓非洲豆在綜合咖啡豆中扮演提味的角色，藉非洲豆來凸顯整體味道的輪廓。雖然如此，非洲豆的風味還是依不同的產地有不同特色，例如衣索比亞、葉門、肯亞、與坦尚尼亞的咖啡豆，就各有其不同的風味及喜好的客群。

　　根據歷史的記載，衣索比亞是咖啡的原產地，西元六世紀時，

卡法鎮（Kaffa）的牧童加爾第（Kaldi）發現羊群食用某種不知名的紅色果實後會興奮異常，於是摘取了這種紅色果實來食用，沒多久他的倦意全消、精神旺盛，結果被附近清真寺的長老看到，也做為晚禱的提神劑，從此以後這個紅色的果實被廣為流傳，直至今日。這個故事的真實性當然有待考證，但衣索比亞做為現今許多咖啡品種的原生地，卻是毋庸置疑。衣索比亞種植咖啡的地方大多是在海拔 1500 公尺以上的高原，哈拉（Harrar）高原就是阿拉比卡（Arabica）咖啡的原生地，目前衣索比亞境內還有許多咖啡的原生林，可以說是咖啡的基因庫。當地的三大咖啡產區是：西邊的金瑪（Djimmah）、中部的西達摩（Sidamo）、以及東邊的哈拉。其中最特別的是西達摩省的耶加雪夫咖啡，這種咖啡兼具了水果香、花香、與蜂蜜甜香，加上如水果茶般的清新酸味，是不少人喜愛上咖啡的開始選擇。

葉門位於亞洲大陸的阿拉伯半島，隔著紅海與非洲相望，一般都把葉門咖啡歸類為非洲豆。提到葉門，許多人最直接的聯想

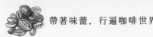

就是摩卡[9]咖啡，事實上摩卡是葉門的港口之一，葉門的咖啡豆幾乎都從摩卡港出口，所以摩卡就成了葉門咖啡的代稱，雖然摩卡港早已因淤積而不復存在，但大家習慣了摩卡咖啡的名稱，也就沿用至今。葉門有幾個著名的產區，例如山那妮（San'ani）、瑪塔莉（Mattari）、希拉里（Hirazi）、雷米（Rimy）、與哈瑪莉（Dhamari），多數採用日晒處理，因此即便生豆的大小不均且常摻雜穀物，但是狂野複雜的風味仍成為許多咖啡客所喜愛。

肯亞地處東非，緊鄰衣索比亞，以對咖啡的品管與經營方式聞名。肯亞成立了公營咖啡局，負責統一收購產區內的所有咖啡，並對這些咖啡進行杯測與分級，在寄送樣品後同時進行拍賣，所以每年肯亞 AA+ 與 AA 等高品質咖啡都能以不錯的價格售出。這樣的商業模式，主要還是依賴分級制度的建立：依生豆的大小做為基準，區分為市面上所聽到的 AA+、AA、及 AB 三級，AA 級的平均顆粒比 AB 大，而 AA+ 則是 AA 級的特別精選版，不僅顆

[9] 摩卡這個字的拼法很多，有 Moka、Mocha、Mocca 等，不過 Mokha 最接近阿拉伯原文。

粒最大，也因味道突出而被列入分級標準中。肯亞咖啡向來以品質穩定廣受信賴，味道上屬於厚重質感，喝在口中會感覺非常實在，這是因為肯亞咖啡產於含磷量高的土質，才孕育出了如此獨特深沉的烏梅果酸香，最頂級的肯亞咖啡甚至帶有讓人迷戀的酒香。

坦尚尼亞位在肯亞北邊，屬於東非、中非咖啡家族的一員，大部分是水洗豆，所以口感明亮同時帶有刺激香氣。主要產自北部靠近肯亞的山區，例如克里曼加羅（Mt. Kilimanjaro）與梅魯（Mt. Meru），喝起來的口感類似肯亞，除了綿延的餘韻，也兼具果香與果酸。因此坦尚尼亞的咖啡仿效了肯亞的分級，也有AA與A級，並以圓豆（peaberry）價格最高，可惜的是坦尚尼亞在處理生豆的過程中尚不夠嚴謹，不良豆的比例過高，最為咖啡客們所詬病。

（二）中南美洲

中南美洲的咖啡指的是中美與南美的咖啡，因為北美完全不產咖啡。美洲咖啡樹是經歷千辛萬苦，經過疾病、叛艦、與死亡，輾轉由非洲經法國傳來的。當時法國是由波旁（Bourbon）王朝統治，所以來到美洲的阿拉比卡咖啡也就有了另一個名稱——波旁。

波旁種的咖啡樹在氣候、土壤均與非洲截然不同，不但成為美洲最重要的咖啡樹種，還發展出與原生地非洲大不相同的特色，成為阿拉比卡種裡一個重要的分支。

　美洲咖啡是三大洲咖啡中風味最平衡的，各種味道都均衡發展，形成不互搶鋒頭卻皆能凸顯的特色，所以咖啡的各種味道在美洲豆中一樣都不缺，是許多咖啡客眼中完美均衡的代表。除了咖啡豆種有些差異之外，美洲豆通常都是採用水洗法處理，而且過程仔細，所以咖啡豆明顯比非洲豆大一些，大小也平均，生豆中也比較不會摻雜異物。主要生產國有祕魯、哥倫比亞、哥斯大黎加、瓜地馬拉、薩爾瓦多、巴拿馬與巴西等。

　祕魯咖啡在國際市場上並不常見，一般認為其處理過程草率，所以評價不高，這是由於國家壟斷的結果。其實祕魯咖啡生長條件優良，而且許多是有機栽種，所以咖啡豆的品質一直相當不錯。祕魯咖啡著名的產區是查嬋攸瑪（Chanchamayo），而諾特瑞（Notre）和庫茲克（Cuzco）也偶有品質良好的咖啡。好的祕魯咖啡不論是質地、酸度和複雜度都不錯，可說兼具了中美洲咖啡的

明亮和南美洲咖啡的厚度。

　　哥倫比亞曾是僅次於巴西的第二大咖啡生產國,目前已經被越南超越而屈居第三,不過仍是世界最大的水洗豆供應國。目前哥倫比亞咖啡豆是以豆子顆粒大小來分級,所以咖啡袋上標示的頂級(supremo)或是優秀(excelso)指的是豆子的大小而非品質,(其實咖啡豆大小與入口的風味和口感並沒有必然關係,所以迷信顆粒大的咖啡豆是沒有根據的。)這種分級制度常為人所詬病。事實上,大部分中南美洲國家都已改用海拔分級的方式,只有哥倫比亞還維持這種傳統的分級制。因此多數哥倫比亞咖啡都沒有什麼特色與個性,最高級的哥倫比亞咖啡主要產自傳統的小型農莊,這些小農栽種的是鐵比卡(Typica)種的老咖啡樹,加上良好的採收與處理,產量雖少但品質都很高,近年來不斷榮獲美國精品咖啡協會(SCAA)[10]首獎的希望莊園(La Esperanza)藝妓(geisha)

[10] 美國精品咖啡協會(Specialty Coffee Association of America, SCAA)為 1982 年創立於舊金山,受到美國精品咖啡先驅艾爾弗德‧畢特(Alfred Peet)與娥娜‧努森(Erna Knutsen)的號召下成立,目的在抗衡於當時受到大型烘焙廠把持的美國國家咖啡協會(National Coffee Association of USA),使美國開始脫離速食的即溶咖啡文化,走向重視烘焙與咖啡品質的精品咖啡文化。

咖啡就是一個非常明顯的例子。

　　哥斯大黎加咖啡常被許多咖啡客譽為「完全咖啡」，因為它整體表現非常地平衡，質感乾淨且緊緻，細緻的層次中帶有青蘋果、柑橘或莓果香，質地不會偏薄，喝完後咖啡的甘甜味會留存很久，（頂級的哥斯大黎加咖啡餘韻中甚至帶有巧克力香。）所以有人形容它品嚐起來具有「完美的平衡」。哥斯大黎加總共有十三萬座大大小小的咖啡莊園，最有名的產地是靠近南方太平洋海岸的塔拉珠（Tarrazu）與首都聖荷西（San Jose）和北部的三水河（Tres Rios），這些地區海拔高、土質好，所以種植密度最高，咖啡品質也相當穩定。其中最有名的是位於塔拉珠的拉米尼塔（La Minita）莊園，其生產的咖啡有著「如鈴聲般清澈」的美譽。

　　瓜地馬拉的種植條件得天獨厚，許多產區的海拔高度、土壤、氣候條件都很理想，可以產出全世界最複雜、最細膩的咖啡。最著名的是火山區的安提瓜（Antigua），該區的咖啡以煙燻味聞名，香氣與水果酸的表現亦佳；北邊的薇薇特南果（Huehuetenango）果香更出色，不過質感比安提瓜稍淡一些。可惜由於美國對瓜地

馬拉的咖啡農業介入極深，巨大的跨國集團掌控絕大多數的產區，用極低的工資大量生產低海拔、低品質的咖啡，這些劣質咖啡不能真正代表瓜地馬拉咖啡。

　　薩爾瓦多早在十九世紀就種植咖啡，咖啡一直是該國重要的經濟作物，而且薩爾瓦多的土壤、海拔與氣候條件均佳，若要產出與瓜地馬拉或哥斯大黎加相同高品質的咖啡應該不難，可惜薩爾瓦多戰亂頻繁，讓它在咖啡市場中一度低迷。近年來政局趨於穩定，市場經濟開放，所以又在咖啡界中重新嶄露頭角，尤其是新混血品種帕卡瑪拉（Pacamara）小圓豆，更是表現亮眼，知名度直追哥倫比亞的藝妓咖啡。目前薩爾瓦多咖啡多是經過認證的有機種植，味道明亮、水果香味亦佳，質感在中南美洲豆中算是略顯厚重。

　　巴拿馬咖啡豆價格平實，（甚至低廉。）品質極高且穩定，能輕易地超越其他著名的咖啡豆，經常有些不肖咖啡商用巴拿馬豆冒充其他高價豆，因此在咖啡界流傳著一句玩笑：「好的夏威夷可娜豆其實是巴拿馬豆，好的牙買加藍山其實是巴拿馬豆，好的哥斯大黎加豆其實也是巴拿馬豆。」雖然是玩笑，也透露出精品

府城街角的哲學香

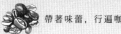

咖啡界對巴拿馬豆的高度評價。近年來巴拿馬豆在許多國際杯測大賽中屢創佳績，正逐漸擺脫過去為人作嫁的形象，慢慢在國際咖啡市場上建立精品咖啡的品牌，例如其所產之藝妓咖啡在 2007年前，已獲得十項國際杯測大賽冠軍，2007 年 5 月更奪下美國精品咖啡協會烘焙者學會（The Roasters Guild）杯測賽首獎，獲頒「世界最佳咖啡」的榮銜，拍賣價更以每磅一百三十美元成交，創下當年世界紀錄，震撼全球精品咖啡界。

　　巴西是全世界最大咖啡生產國，歷史可追溯到十七世紀初，不過巴西產量雖然是世界最高，大多卻是低品質的阿拉比卡和羅布斯塔（Robusta）咖啡豆，所以大部分精品咖啡界的人士對巴西咖啡的印象並不是太好，多將巴西產豆用來做為義式咖啡的配方豆。而此地三個主要產區是巴希亞（Bahia）、小米納（Minas Gerais）和聖保羅（São Paulo），其中小米納的咖啡品質最優。至於常被提到的聖多士（Santos）則是巴西最大也是歷史最久的咖啡出口港，並非咖啡產區，所以聖多士的咖啡豆，並不是以產區或等級指標為名，僅是由聖多士港出口的咖啡豆。雖然一般的巴西豆外觀不佳、大小顆粒不均、味道也無特色，但還是有些莊園因為擁有波

旁的老咖啡樹種而生產出頂極的巴西咖啡，帶甜且酸度低，有巧克力的苦甜感，如位於小米納的蒙特艾格（Monte Alegre）莊園。

（三）海島

海島豆獨立於三大洲之外，它有兩個特點：首先就是這些產咖啡的海島名氣通常都很大，即使不喝咖啡的人也都知道。如牙買加藍山（Jamaica Blue Mountain）、或是美國唯一生產咖啡的夏威夷可娜（Hawaii Kona）；第二個共同點就是它們都很貴，因為產量少所以價格自然高，價格越高就越有人想喝，所以價格就更高！

撇開產量與價格，海島豆常會讓人感覺到濃厚的奶香或是高雅的花香，此外海島豆的酸味柔和細緻，厚度與質感都屬上乘。因為價格高，所以在生豆的處理方面都非常仔細，不管是生豆的大小或瑕疵出現的比例都能控制得宜。在昂貴的價格下，只有極少的人會拿來調配綜合豆，絕大部分的人只願意單純品嚐它們的原味。海島豆產地目前常見的有牙買加、夏威夷、和波多黎各。

位於加勒比海的牙買加是久負盛名的藍山咖啡生產地。最早的

藍山咖啡是來自牙買加東邊高山上的幾個莊園，後來牙買加政府訂出一套規範：凡是在藍山 [11] 山區生產，樹種與處理程序合乎規範的都可以使用「藍山」這個名稱，但事實上頂極的藍山咖啡仍然是幾家莊園而已。主要是馬維斯邦（Mavis Bank）、銀山（Silver Hill）、莫伊堂（Moy Hall）、瓦倫福（Wallenford）和老客棧（Old Tavern）等莊園。好的藍山咖啡喝起來有中等稠度的質感、奶油味與核果味厚、透著花香的微酸，因此擁有不少死忠的愛好者，（尤其日本咖啡客。）不過，近年來藍山品質已大不如前。至於藍山的價格長期居高不下，雖然受到產量影響，但日本咖啡客的炒作，恐怕才是主因。

　　夏威夷 [12] 是美國唯一產咖啡豆的州，著名的可娜咖啡豆就產於夏威夷島的西側與西南角。可娜豆的平均水準相當高，處理也非常仔細，一般生豆中品質較差的瑕疵豆比例約在 10 ～ 30%之間，但

[11] 藍山（Blue Mountain）因籠罩在霧氣中，陽光照射下看似塗上一層藍霧而得名。
[12] 夏威夷群島主要由八座島嶼組成，但是只有可愛島（Kauai）、歐胡島（Oahu）、莫洛凱島（Molokai）、茂宜島（Maui）、和夏威夷島（Hawaii）產咖啡，其中面積最大的夏威夷島又稱「大島」。

是可娜的瑕疵豆卻是以「顆」來計算，一磅可娜豆通常挑不出超過 10 顆以上的瑕疵豆。[13] 嚐起來極類似高海拔的中美洲豆，味道淡雅而層次豐富。不過自 2007 年以來，產自夏威夷島東南一帶的咖霧豆（K'au），四度在美國精品咖啡協會的杯測賽中領先可娜豆，成為近年來夏威夷咖啡的新貴。

波多黎各的尤科特選（Yauco sclecto AA）有 80％藍山的實力，價格卻只有藍山的一半，被戲稱為「窮人的藍山」。雖然如此，價格與夏威夷可娜仍屬同等級的高價豆。尤科特選具有濃厚的奶油味與中等稠度的口感，帶著優雅酸味，喝起來十分柔和。不過非常可惜的是，波多黎各咖啡最近幾年來也逐漸呈現走下坡的趨勢，品質大不如前。

（四）亞洲

亞洲咖啡則是展現出渾厚沉穩的一面，亞洲豆質感稠密而且極

---

[13] 夏威夷農業當局對可娜豆有非常嚴格的規範，唯有可娜產區，即大島西側納羅（Mauna Loa）火山與華拉萊（Hualalai）火山之間，自凱魯可娜（Kailua-Kona）至宏努努（Honaunau）1200-1600 公頃的狹長地帶產的咖啡，才能冠上「100% 可娜豆」來行銷。而其他的綜合豆，只能標示添加可娜豆的百分比，不能以可娜豆之名來銷售。

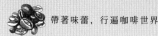

具厚實感，甘味強而圓潤，相較下香氣與酸味就顯得保守，（尤其與非洲豆比較。）不過奔放的感覺本來就不是亞洲豆的長處，它的特性是如金字塔底部般龐大渾厚的口感，咖啡還未入口就能先感覺到質感厚重的香氣。這樣的特色下做為綜合配方豆的基底是最適合不過的了。

由於亞洲豆處理的方式多為水洗與半水洗，所以生豆顆粒大小都很均勻，一些用水洗法處理的生豆，在顏色上會比其他處理法的生豆來得深綠，這是因為含水量較高的關係。又因風味使得許多人習慣將亞洲豆烘焙得比較深，事實上，高品質的亞洲豆在淺焙下同樣可以展現出水準以上的香味與柔和水果酸。亞洲咖啡的主要產地有蘇門答臘、爪哇、印度和越南等。

蘇門答臘的曼特寧咖啡是全世界最適合深焙的咖啡豆之一，其中重要的原因就是深焙之後仍能保存本身的特質，也就是厚重的質感與低酸度的風味，加上口感濃稠如中藥，是臺灣不少老咖啡客的最愛。曼特寧咖啡的品質在產區間的差異不大，通常不以產區做區分標準，反而以採摘、處理方式為分級標準，著名的「黃金曼

特寧」正是日本咖啡客對這些程序嚴格控管之後所篩選的產品。

爪哇咖啡產量不小，但多是風味不佳的羅布斯塔豆，目前只有幾個國營莊園還生產品質較高的阿拉比卡豆，如卡悠瑪斯（Kayumas）、伯拉溫（Blawan）與傑彼特（Jampit）這幾個莊園的咖啡，味道都很乾淨，沒有亞洲豆的土味，加上柔和的果酸味，（也是一般亞洲豆少有的風味。）是一款具有平衡感的咖啡。

印度咖啡的味道則相對溫和，雖然亞洲豆常見的土味仍在，但沒有濃烈的苦酸味，甚至帶有一些香料味，所以印度豆常被用來混入義式咖啡的配方中。印度咖啡的主要市場在國內只有少數幾種豆類較為人所知，例如雨季豆與陳年豆，不過近年開始，有些獨立的咖啡莊園漸漸在精品咖啡的市場出現。

越南咖啡的產量在 2002 年超越了哥倫比亞，成為世界第二大咖啡生產國，產量雖然極大，品質卻沒有成正比，大多是低廉的劣

質豆，只有少數種植阿拉比卡的咖啡莊園，才能找到品質較佳的咖啡豆。

　　談到這裡，似乎也該說說臺灣咖啡，可惜的是臺灣咖啡的產量實在太少，每年不到 60 公噸，在國際上的曝光度也低，似乎尚未成為精品咖啡的重要角色。臺灣咖啡的酸度不高，帶有一點藥草味，亞洲豆中的土味也沒有消除，質感中庸。但由於產量不多，加上近十多年來的臺灣咖啡熱，價格居高不下，甚至有進口豆冒充的情形。所幸 2009 年 4 月，由李高明栽種的阿里山咖啡，在美國精品咖啡協會麾下烘焙者學會主辦的國際杯測賽中脫穎而出，被評選為全球 12 大「年度最佳咖啡」第 11 名，一洗臺灣咖啡的劣名。

如何判斷好咖啡？

就讓我們從「煮好咖啡的五大守則」開始談起。這五大守則分別是：

一、 新鮮咖啡豆

二、 正確的研磨

三、 良好的水質

四、 適合的水溫

五、 溫柔的沖煮。

（一）新鮮咖啡豆

如果我們請教一些世界頂級的著名廚師：「如何煮出美味的佳

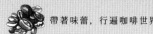

餚？」相信他們的答案中一定會有「新鮮的食材」這一個項目。
因為除了少數幾種食物需要特殊的製作過程外，大多數的美食都
需要以新鮮食材做為基礎。沖煮咖啡當然也不例外，好喝的咖啡，
先決條件就是新鮮咖啡豆。

　何謂新鮮咖啡豆？我將其分為烘焙前與烘焙後來說：未烘焙的
生豆，除非刻意注重貯存環境的控制以延長保存時間，否則期限
多在 1 至 2 年內；烘焙完成的熟豆，若是用於義式沖煮，保存時
間不應超過 3 個星期，義式以外的沖煮方式，最多可延長至一個
月或一個半月；（此處說的是保存時間的極限，若是最佳賞味期，
建議不超過兩週。）研磨成顆粒的咖啡粉，保存時間則大幅降為 5
至 10 分鐘。可見咖啡豆一旦完成烘焙，隨著與空氣接觸的時間增
加，咖啡豆中的各種物質就會因氧化變質而迅速喪失新鮮度；研
磨後的咖啡粉尤其嚴重，因為磨成粉狀的咖啡，表面積大幅增加，
氧化的速率也相對加快，咖啡中所有成分在短時間內通通變質。
所以稍有經驗的咖啡客都一定在沖煮咖啡之前才開始研磨，而且
每次只研磨所需沖煮的咖啡分量，而不是預先研磨好以節省時間。
這就是所有講究新鮮咖啡豆的人都強調的「**現磨現煮**」。

綜合上述所言，新鮮咖啡豆永遠是一杯好咖啡的首要條件，我們在購買完咖啡熟豆後就不應該再要求店家代為研磨了；同樣的道理，我們也不要迷信國外的名牌咖啡豆或研磨好的咖啡粉，因為即使它強調「每週空運來臺」、「全程低溫充氮保鮮」，一旦得知保存期限上標示的是六個月或一年時，就知道我們很難買到沒過期咖啡了。

（二）正確的研磨

　　由於對新鮮豆子的堅持，必須在沖煮前才開始研磨咖啡豆，磨豆機就成了必要工具，甚至有咖啡客主張：一部好的磨豆機比好的咖啡機更重要。為什麼這麼重要？如前所述，沖煮咖啡的本義是「萃取咖啡」，萃取的關鍵在熱水與咖啡之間的總接觸面積與

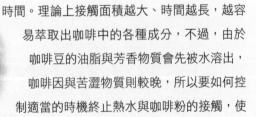

時間。理論上接觸面積越大、時間越長，越容易萃取出咖啡中的各種成分，不過，由於咖啡豆的油脂與芳香物質會先被水溶出，咖啡因與苦澀物質則較晚，所以要如何控制適當的時機終止熱水與咖啡粉的接觸，使

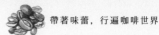

好物質被萃取、壞物質不被萃取，就成了每種沖煮法的重要課題。總接觸面積越大，接觸時間就不該過長，以免過度萃取，因此兩者間有緊密的關係。

面積與時間，這和咖啡豆研磨的粗細程度有關，咖啡粉的顆粒越細，總接觸面積越大，熱水與咖啡的接觸時間就應該越短，反之則應該越長。此原則下，我們來假想一種可能：如果有批咖啡豆的研磨結果顆粒大小不均，那我們應該把沖煮時間拉長還是縮短呢？顯然，如果研磨的粗細不一，細咖啡粉被熱水萃取的速度比粗的咖啡粉快，就會產生萃取時間無法控制的窘境，也就是在同樣的萃取時間內，細咖啡粉會因浸泡的時間過長而萃取過度，粗咖啡粉卻因浸泡時間太短而萃取不足。所以，要沖煮一杯好喝的咖啡，要有一部可以**研磨出顆粒大小均勻**的磨豆機，否則上述的困境將永遠無法解決。

（三）良好的水質

水有多重要？只要看一杯咖啡中水的比例超過95％就知道了。

那什麼樣的水適合用來沖煮咖啡呢？越純淨的水就越好嗎？當然不是，許多有泡茶經驗的人都知道，山泉水泡出來的茶比用蒸餾水泡的好喝，因為山泉水中富有大量礦物質，可以與茶的各種物質產生交互作用，讓茶的口感更豐富滑潤。沖煮咖啡的水也是相同。對此，我曾有深刻的體會。由於平時在學校裡泡咖啡，用的是學校飲水機的 RO 純水，久之也習慣了這種既不加分也不扣分的水質，但每次在家使用家中濾水器過濾後的水來泡相同的咖啡時，總是會覺得口感略有不同，好像質地變得厚實、喉韻變得更滑潤了。不過由於家用自來水水質不穩定，口感變化不甚明顯，直到有一天，研究室對面的明立國老師，託朋友從山地門帶來一桶山泉水給我，一泡之下驚為天人，那種風味變化不僅更甘甜滑潤，而且讓原本隱匿在咖啡中的其他味道都藉山泉水而交融出來，許多平常不曾察覺的味道，在這杯咖啡中都浮現了！

（四）適合的水溫

使用煮開的沸水來沖煮咖啡，勢必會燙壞咖啡豆，使得咖啡苦澀得難以入口。因為咖啡不適合用 100 度的熱水來沖煮。但怎樣

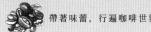

的水溫才適合沖煮咖啡？雖然**各式不同的沖煮法各有其不同的水
溫要求，大致也多落在攝氏 85 ～ 95 度間**，也要視咖啡豆的烘焙
程度來調整水溫。原則上法式濾壓壺的研磨顆粒最粗、浸泡時間
最久、（約 5 分鐘。）水溫也最高，已經是接近沸水的程度；手
沖壺的研磨顆粒中等、浸泡時間次之、（約 3 分鐘。）水溫約在
85 度左右；虹吸式的顆粒中等、（與手沖壺相仿。）浸泡時間更短、
（約在 40 秒到 1 分鐘之間。）水溫多在 95 度上下；（下壺水溫
當然是煮沸才能升到上壺，所以此處水溫所指為上壺。）至於義
式的研磨顆粒最細、高壓熱水的溫度以不超過 92 度為原則，否則
很容易灼傷咖啡粉而煮出五味雜陳的濃苦味道。[14] 當然還有一個因
素是必須考量的，那就是咖啡豆的烘焙度。越深焙的豆子，就要
用較低的水溫來沖煮；越淺焙的咖啡豆，就可以用較高的水溫。
綜合上述就會明白，為何許多咖啡達人在沖煮咖啡時總是隨身帶

---

[14] 許多人對義式（Espresso）咖啡有一個錯誤的觀念，認為義式咖啡是利用高壓蒸氣通
過咖啡粉，瞬間萃取咖啡的精華。在此必須澄清的是：高壓水蒸氣溫度其實已超過攝氏
100 度，如此高溫當然不可能用來萃取咖啡。因此正確的義式咖啡沖煮原理是：咖啡機
鍋爐中的熱水透過機器幫浦加壓，以 8 ～ 9 個大氣壓左右的壓力，將熱水推進密實的
咖啡粉，這些被擠壓的熱水會被迫鑽過咖啡粉每一個空隙，同時萃取出咖啡粉的精華，
最後得到一杯 30c.c. 左右的濃縮咖啡。

著一支溫度計，並且時時注意沖煮過程中的水溫變化。

（五）溫柔的沖煮

曾有一位咖啡店的老闆對我說了一番頗有咖啡哲理的話，他說：

所謂的沖煮咖啡，其實就是水與咖啡豆之間的交互作用，所以萃取的結果應該是由水來完成，而不是靠沖煮的力量或技術，沖煮者唯一要做的事就是確保每粒咖啡粉能夠均勻地被水包覆，剩下的工作就交給水去完成吧！

這番話一直深刻留在我的腦海裡，它既說明水對咖啡的重要性，也清楚界定所謂的「沖煮咖啡」到底是怎麼回事。或許有人會問：沖煮咖啡真的這麼簡單嗎？只要讓熱水均勻包覆咖啡粉就好嗎？如果真的這簡單，為什麼還有人會煮出那麼難喝的咖啡呢？答案就在：「溫柔的沖煮」。以手沖咖啡為例，如果我們急著將滾燙的熱水大量快速地注入咖啡粉，除了灼傷咖啡粉而產生不好的苦

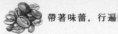

澀物質，還會因膨脹不均產生局部大氣泡，使咖啡粉牆的結構被破壞而萃取不均。所以要以適當的水溫、溫柔細緻地注水，才能讓咖啡粉被熱水均勻包覆、完整地受熱而均衡膨脹。以虹吸式咖啡來說，我們也不可能粗魯快速地攪拌，讓咖啡粉立刻與熱水接觸，這只會導致咖啡萃取過度，我們必須以溫柔的手法緩慢穩定地讓咖啡粉有餘裕和水產生交互作用，以萃取出一杯芳香迷人的咖啡。（不論是以十字攪拌法、來回攪拌法、或繞圈攪拌法，整個過程都必須輕柔。）

　　經過漫長的等待與思索，這杯咖啡終於沖煮完成了。但是我們要怎麼來品嚐它呢？其實品嚐**一杯咖啡的過程就是一次活化我們所有感覺記憶庫的過程**，是一場結合視覺、嗅覺、味覺的盛宴：先觀察略顯暗沉的琥珀色、淡淡地呼吸那迷人的芳香、小啜一口讓酸苦甘甜在滿腔味蕾中得到舒展、感覺緩緩滑入喉頭後的餘韻；隨著溫度不斷下降變化，每口啜飲都重新體驗了上述的感覺；最後留一小口咖啡放涼至室溫，再一口飲盡，讓沒有溫度修飾的這杯咖啡，

用最原始的面貌展現它最終的風味；此時您千萬不要急著吃蛋糕或任何食物，讓咖啡味道徐徐地在鼻腔與喉嚨間充滿餘韻地回味，（有時這種餘韻竟可以持續一兩個小時以上。）這時若能飲一口白水，洗滌後的味蕾將再度活化，喚醒對咖啡風味的記憶，白水則更顯清甜；當杯底的咖啡逐漸揮發，輕聞杯底餘香，您會驚豔於那濃濃的焦糖香氣久久不散。至此您會發現一杯咖啡不再只是一杯咖啡而已！[15]

　　當然品嚐咖啡本身是一件愉悅的事情，請不要太拘泥於上述說法，畢竟不是每次喝咖啡都要這麼嚴肅用心，才能了解它的香氣與風味。能夠樂在其中地享受咖啡才是更重要的。所以請您放鬆心情，跟我一起品味這杯咖啡吧！

[15] 上述關於品嚐咖啡的一切過程，是以純粹以水萃取、沒有添加物的黑咖啡為例。若是卡布奇諾或是拿鐵等混合了牛奶的調味咖啡，則另有其不同的鑑賞方式，不在本書的陳述之內。

結語

咖啡，詩意的居存

　　本書的寫作歷程有些曲折，剛開始是想把哲學與咖啡結合起來，利用腳踏車咖啡行動，在城市中四處遊蕩，順便寫些心情札記；後來因為賣咖啡認識了更多在地的人物，這些城市底層的珍珠，不凡與令人動容的面貌，讓我在心境上產生了不小的變化。我開始希望透過小小的咖啡車，記錄一些在地的人、事、物；經過一段時間後，卻發現所有的記錄似乎只是我個人的心情，才知道我不可能真正寫出這些人物的不凡經歷，因為我真正寫的還是自己對他們的看法，於是我了解，本書最終所寫的仍是我，透過咖啡、透過哲學、透過腳踏車接觸到的人、事、物，是對自己生命的透視與書寫。

　　這次的行動過程中，從品嚐咖啡學到人生的複雜況味，也從生命感悟裡思考品味咖啡的豐富層次。隨著寒暑假結束，又回到熟悉的學校環境，上課教書、規畫各類活動、指導論文……一切都與往日沒有什麼不同。但是我知道內在的心境已經不同以往了。

每當我忙完各項事務後，坐在無人的研究室，重新檢視當初賣咖啡時的每篇心情札記，許多畫面與情景開始點滴地浮現，然後在心裡慢慢地匯聚成一條記憶的長河。我似乎又看到了那個騎著改裝腳踏車的我、看到那個正在為客人沖泡咖啡的我、看到那個坐在露營椅上沉思的我……，在記憶的長河裡載浮載沉、悠遊自在。歷經一年多的沉澱及無數個夜晚的寫作，本書終於以現在的面貌出現在您面前。

面對未來應持有的哲學觀

如同我在本書中所說，一切的開始，都來自於：「我還能做什麼？未來，我還能再做些什麼？」

「未來」這個詞充滿了各種可能。面對大四即將畢業的同學們，他們對未來又愛又恨的複雜心情，我也感同身受，那種內心的複雜，我與他們完全一樣。所以無法告訴他們未來的內涵到底是什麼，也不能替他們決定未來要成為什麼，更不能要求他們未來一定要做什麼。但是我很清楚決定什麼或成為什麼並不重要，重要的是已經開始認真地思考「要決定什麼」或「要成為什麼」了。

或許我們可以決定成為有錢人，沒關係，有錢並不是壞事，只要這個錢不是來自剝削他人利益即可；我們也可以決定成為學者，追求知識與真理是不錯的選擇，但不要認為只有我才擁有學識而目空一切；決定要做一個平凡的人，也是個好想法，平凡或許才是最接近真實生命的生活方式，但不意味著要渾渾噩噩地過一生……。這些都可以是我們的決定，也都是很好的決定，重點在

於我們是否真正思考了？真正下決定了？真的了解所做的決定？是否知道如何實踐？是啊！保持思考、保持行動、保持熱情、保持對生命的渴望與尊敬，這些才是踏進「未來」所真正需要的！

　　亙古以來，有個困擾著無數哲人的爭議：人真的擁有自由意志，是真正的思想者嗎？還是一切思想不過是造物主命定的必然結果罷了？常有人問：「上帝存在嗎？」我不知道。若有，為何祂忍心眼見世人的悲苦？若無，萬事萬物又從何而生？長久以來，我一直在找尋一個可供我行走於人世間的依據與信念，其間的痛苦與掙扎，其實無法用簡單幾句話來形容。或許有信仰的人是快樂的、幸福的，可沒有信念或信仰的人就無法順遂活著嗎？這個疑惑困擾著任何一個善思考卻無信念的人！因此「虛無」之境一直是哲學家們的宿命，有人在當中不斷掙扎而抑鬱以終，有人始終擺脫不了這個困境而自殺，更多的人乾脆就找一個信念或信仰以度日。

　　或許您會問我有沒有信念或信仰，關於這個問題，我想可以用哲學的三大範疇——真、善、美來說明，這三大範疇恰恰說明了我從事哲學思考以來的三個歷程：高中、研究所、碩士班，由於我所接觸的一直是科學的方法與訓練，因此我也把「追求真理」當做人生最大的目標，雖然我知道「真理」的存在尚是疑問，但我願意把它當做是終極的追尋目標；但是在科學研究的過程接觸到更多人之後，我對人性有了更深的體會與感慨：遇見了高高在上的教授學者們、辛苦入門的學生們，對人際的倫理，與內心的道德探索漸漸地有了更濃厚的興趣。我發現：真理似乎要建立在人性基礎上，才會有意義。因此在博士班階段我就致力於倫理學的研究，希望將真與善結合起來。

　　當真理的探尋過程加入了人文，當真理的內涵有了生命，我想真理就不再那麼遙遠，它可能就在您我生活周遭中隨處可見；最後這幾年，隨著人事歷練，我常一個人靜坐在深夜的研究室，重新思索生命與生活的意義。於是我對這些事物的觀點又有了些轉變。走在路上，我會為一朵天邊的雲彩佇足；行經水池，我會因為水波流動而遐想；夜裡讀書，我會抬頭注視星空而讚嘆；半夜睡醒，我更會因滿窗的月色而坐起，這些生活中的瑣碎事物，慢慢地累積著，有一個聲音便越來越清晰：抓住生命中每一個美的記憶！

　　這就是我對生命體會的三個轉折。或許您會問我：現在是否已沒有了追求真理的執著？對人性是否也沒有了善惡的區分？雖然我不願意承認，但是我的確覺得：或許美才是哲學最後的境地吧！

▎美的哲學

　　在哲學的思維探索中有一個領域就叫做「美學」[16]，大學高等教育中，與美學相關的科系，大概都會想到藝術類別，像是美術系、音樂系等，一般人想不到的是美學最早源自哲學。「美學」在哲學系統中占頗有重要的地位，因為美是一種判斷，美學則是研究我們生命所有複雜判斷的一個學科。十八世紀的德國哲學系統，

---

[16] 美學（Aesthetics），又稱感覺學，是以美的本質及意義的研究為主的學科。美學一詞源於希臘語 "aisthetikos"。最初的意義是「對感觀的感受」。由德國哲學家鮑姆嘉通（Alexander Gottliel Baumgarten）首次使用。鮑姆嘉通《美學》一書的出版，開啟了美學成為一門獨立學科。直到 19 世紀，美學在傳統古典藝術的概念中通常被被定義為研究「美」的學說。現代哲學將美學定義為認識藝術、理解設計原理與感覺理論的哲學。一個客體的美學價值並不是簡單的被定義為「美」和「醜」，而是去認識客體類型和本質。

就希望能整理人類身體裡所有面對感覺的學問，所以這個學科的德文，源自拉丁語系 "esthetica"，直譯為「感覺學」，（目前通用的「美學」係日本的漢譯。）也就是用來研究我們的視、聽、味、嗅及觸覺的學科。本來是探索感覺的學問，為什麼變成了對美的思索？大概是因為不論我們看畫、聽音樂、嚐美食、聞香氣、或玩泥巴，表面看來似乎都僅是運用感覺，卻透過這些感覺的運用達到心靈最舒適的狀態，這大概就是「感覺學」為什麼演變成「美學」的原因。

　　美學本身有一個先天的難題：一方面它做為哲學的學科，使用的思維法是分析、理性，另一方面思索的對象是美的本質、純然的美感，二者之間存在著矛盾。國內美學家蔣勳先生曾舉一個有趣的親身經歷來說明這個難題。蔣勳有一次在大學課堂上講授美學課程，內容不外乎是康德、黑格爾等西方重要美學家的理論，同時教室外有大片的繁花正在盛開，他發現學生沒有辦法專心聽他講課，因為學生們常常被窗外緩緩飄落的花瓣吸引，當時的蔣勳心裡充滿矛盾：到底該把學生們喚回來專心聽「美學」，還是讓學生們繼續沉醉在「美」當中？其實這樣的矛盾或區分，英國哲學家大衛・休謨在〈論趣味的標準〉[17] 就曾提到「審美趣味是什麼呢？」若把它與理智放在一起，他認為理智傳達真偽的知識，

[17] 休謨（David Hume），英國經驗主義哲學家，他不但發揚了英國經驗論，從心理方面深入探討審美的基本概念和理論，還考慮了藝術的規律和發展因素的社會條件。涉及美學思想的著作見於《人性論》，此書共三卷，分別探討理智、情感和道德。《倫理、政治、文學論文集》第一卷《道德政治和文學概論》裡的〈論趣味的標準〉、〈論懷疑派〉、〈論文藝和科學的興起和發展〉、〈論趣味和激情的敏感性〉、〈論悲劇〉等短論以及《倫理、政治、文學論文集》的第二卷《人類理智研究》對美學問題都有不少真知灼見。

趣味則產生美醜、善惡的情感。前者按照事物的真實情況去認識，不增不減；後者卻具有製作功能，用心情借來的色彩去渲染一切自然事物，在意義上形成新的創造。這裡的審美趣味和理智都是先天能力，它們二者的區別在於：趣味涉及情感，理智則不涉及。想用理智或理性對審美趣味下判斷是徒勞的。

顯然，「美學」仍不是「美」，「美」不只是分析、理性或知識，還包括心靈感受。如觀賞一幅畫，除了了解作者生平、創作年代與背景、畫作的涵義及對後世的影響等知識外，是否震懾於它帶給我們的感動，恐怕才是我們對美最基本的體會。美的學問也並不等於美本身，再多的分析、再多的論證、再多的邏輯，都無法具體完整地敘述我們童年第一次發現滿天星斗的激動情緒與複雜心情，不論經過多少年，我們永遠記得當時的感動，這大概就是美吧！如同莊子在〈知北遊〉中提到：「天地有大美而不言」，廣大遼闊的天地間，到處都是美，可是這個美卻不直接向我訴說，它不用講的方式來表達、也無法以知識來呈現、更不會給我們非認同它不可的壓力，就靜靜地在那裡，如同樹梢的風聲、悠遊的魚兒、山谷間盛放的百花，等待人們有天敞開了審美的心靈，去細細地體會那不言而喻。

我們該如何去體會這天地之美呢？如何才能培養審美的能力呢？蔣勳就提出一個有趣的看法，叫做「感覺的倉庫」。我們的各項感覺都可以儲存非常多的記憶，這些感覺的總和匯集成一個龐大的記憶庫，在各種適當的情境中，大量地活化我們記憶的各種感覺，組合成無窮的美感。美感的培養就是不斷地豐富各種感覺，「美」就是將我們的生命擴大到極其豐富的狀態。我們必須

讓自己的感覺儲存各種不同的記憶，如紅、橙、黃、綠、藍、靛、紫等各種顏色，如酸、甜、苦、辣等味道，如煙、燻、嗆、香、臭等氣味，如粗、細、軟、硬等觸感，如此一來便能在某天裡，將這些儲存的感覺記憶變化成夕陽的殘影餘暉、百花的奼紫嫣紅、芬芳迷人的沁鼻香氣、柔和滑順的肌膚之親。

何謂美感？如何品味美感？不妨給自己一項功課：可以用多少種白色的感受來形容白色？除了常用的百合白、茉莉白、象牙白、米白，還可以聯想到阿爾卑斯山白、月白，甚至結合味覺的甜白、淡白，或是心理感受上的蒼白，除了這些，您還想到哪些白？相同的白，可以延伸出各種不同的白，您是否體會到這當中無窮而細膩的趣味了？這樣細膩豐富的變化，讓我們的感受不再粗糙，也使得生命具有更多的細節與品味的可能性。於是我們的美感從此展開了！

而我們需要開啟多少種感覺倉庫來品嚐一杯咖啡呢？單單只有苦與酸大概已經不夠我們用來形容咖啡了，相信此刻您正努力地在感覺倉庫裡，搜尋出各種可用的記憶，來形容您曾喝過的咖啡。不過請您先不必急於為咖啡的美感下定義，我想說的是：能否先讓您的思緒回歸到空明，再讓那些感覺記憶浮現出來呢？記得有一位咖啡店的老闆，曾經與我分享一個他在烘焙咖啡豆的過程中悟出的道理，就是在烘焙時預留空間給咖啡生豆呼吸，如此氧化與熟成才會完整。一爐咖啡豆至少空出三分之一的空間，不然滿載的咖啡豆沒有多餘的空間呼吸，在擁擠的空間中彼此爭奪氧氣與翻轉的空間，反而會讓這批咖啡豆不完整。這樣的烘焙哲學不正印證了「留白天地寬」這句話嗎？

▍品味一杯咖啡的美學——聞與嚐

品嚐咖啡不外兩個重點：聞與嚐，鼻子和舌頭一樣重要。一般人可能會以為品嚐只是用嘴巴，其實品嚐過程中鼻子占了很重要的地位，許多對味道的感覺都是靠鼻子來傳遞，所以要多利用鼻子來品味咖啡。人類的感官知覺並非各自獨立，它們之間常常帶有許多不為人知的關聯。例如當我們喝一杯咖啡，表面上看來我們好像是使用味覺去品嚐這杯咖啡，但嗅覺其實正在運作，所以在我們還沒有喝到咖啡前，咖啡的香氣已經透過嗅覺在召喚我們。如同喜愛喝茶的朋友們在茶具中，會有一只比較高窄的杯子，叫做「聞香杯」，它的使用方法與功能就是把泡出的茶湯先倒在聞香杯，接著才倒進要飲用的一般茶杯，然後拿起這杯已經清空的聞香杯湊近鼻子，聞出茶葉在沖泡中釋放的香氣。大概是咖啡的香氣實在太濃烈，咖啡的品味文化中，並沒有發展出這種特殊的器皿。

當咖啡煮好時，請先不要急著送進口中，因為這杯咖啡在溫度高的狀況下，舌頭是很難感覺出味道的。也因為溫度高，所以香氣分子容易散發，先用鼻子聞聞香味正是品嚐咖啡的第一步。咖啡是目前已知有最多芳香質的，在眾多物質的交互作用與烘焙的焦糖化下，咖啡的味道可說是千變萬化，您可以在不同產區的咖啡中聞到不同的味道，柑橘、核果、奶油、蜂蜜、巧克力、茉莉花香、甚至麝香，這就是咖啡迷人的地方。

由此可知，嗅覺在任何品嚐過程中有著不可或缺的地位。但為什麼如此重要？試想一杯沒有香氣的咖啡、一道沒有香味的菜餚、

一個沒有氣味的世界，將是怎樣的情況呢？

德文小說作家徐四金的《香水》中就有一位嗅覺非常敏銳的故事主角，透過嗅覺，徐四金建立了一個由氣味構成的感官世界。我想這是因為嗅覺在感覺記憶庫裡扮演著比我們想像中更重要的角色，甚至比視覺更強烈。怎麼說呢？因為當我們的嗅覺發揮作用時，都會不自覺地閉上眼睛，讓嗅覺盡情地感受氣味的存在。

嗅覺發揮的作用甚至超乎我們的想像，它常伴隨著我們內心底層的私密記憶。因為嗅覺不像視覺或味覺那樣可具體感受，氣味是最不容易把握的，它常常在空氣中若有似無地飄散，非常不具體。正因為它若有似無，必須貼近我們的日常，才能感受到它的存在，所以我們對嗅覺的記憶多半是最親近的人、事、物。例如童年時母親的家常菜、親密伴侶的體味、或每天睡覺的枕頭，這些氣味貼近於我們的生活，也深植在記憶的底層。更因為它不具體，反而無所不在，不斷地影響我們的感受，牽引著我們的喜怒哀樂。

在普魯斯特的《追憶逝水年華》中，如此描述男主角馬塞爾對味覺的心路歷程：

那天天色陰沉，而且第二天也不見得會晴朗，我的心情很壓抑，無意中舀了一勺茶送到嘴邊。起初我已掰了一塊『小瑪德萊娜』放進茶水準備泡軟後食用。帶著點心渣的那一勺茶碰到我的上顎，頓時使我渾身一震，我注意到我身上發生了非同小可的變化。一種舒坦的快感傳遍全身，我感到超群脫俗，卻不知出自何因。

是什麼讓男主角產生如此生動的感覺呢？馬塞爾聚精會神地回

憶，突然間，往事全都回來了：

那點心的滋味就是我在貢布雷（Combray）時某個星期天早晨吃過
的『小瑪德萊娜』，（因為那天我在做彌撒前沒有出門。）我到
萊奧妮姨媽的房內請安，她把一塊『小瑪德萊娜』放進不知是茶
葉泡的還是椴花泡的茶水中浸過後送給我吃。

　　顯然這個泡過茶水的小點心喚起了男主角對姨媽美好的記憶與
想念。在一個不經意的場合中，我們嗅到淡淡的熟悉氣味，會不
自覺地令我們心情愉悅，仔細回想才發現，這股氣味可能與我們
童年時期某段快樂經驗有關。所以嗅覺涉及到我們非常私密的感
情，私密到我們會記得最親近的人的氣味，而這個最親近的人不
再只是視覺的形體，已經成為我們最深層的記憶。

　　現在，就請您閉上雙眼，感覺飄散在空氣裡的咖啡香氣，然後
敞開心裡最底層的記憶。這時的您想起了誰呢？

　　花了一點時間感受咖啡的香氣後，接下來當然是要品嚐咖啡。
品嚐的「品」有三個口，當然離不開我們嘴巴的味覺，所以我們
的日常用語才會有「品味」這個說法，延伸出來的意義已經脫離
了的單純味覺範圍，而且被廣泛地用來說明人的格調、水準、人
格、甚至審美的標準。例如我們會說某人對服裝非常有品味，或
是稱讚朋友家裡的擺設風格，或是對音樂的鑑賞力極高，這些都
說明了「品」、「味」這種與味覺關聯的說法，已經普遍地成為
審美的重要詞彙。

　　如蔣勳所言：「人類所有的五種感官中，味覺可能是萌芽得最

快，與人類文明最早發生關係的一種感官。」精神分析學家佛洛依德也說：「口腔期是兒童發展的重要基礎。」由此可知，不論是整個人類文明或是個人的成長發育，味覺都具有極重要的影響。如果味覺只是把食物放進嘴巴，在咀嚼過程中食物與口腔間的外在關係，就太過貶低味覺了。試想把食物放入口腔時，唇、齒、舌、喉等所有部位，都會去接觸食物帶來的各種感覺，然後混雜成對該食物的總體印象，就是一般通稱的「味覺」，如果我們能細心體會口腔中各部分所傳達給我們的微小訊息，就會發現它其實存在著豐富而複雜的變化，這些變化若沒有敏銳洞察，是不容易察覺到的。最簡單的五種變化──酸、甜、苦、辣、鹹，大概是人們最常感受的；但更不容易的是，這個敏銳察覺力的背後，必須要有溫暖細緻的心靈，才能把這些豐富複雜的變化融合起來，成為層次完整而立體多元的感受，使「五味雜陳」成為「五味俱全」。

到這裡，我們大概就不難理解為什麼嗅覺與味覺是這麼重要的審美源頭！感覺敏銳的人，就能洞悉所有事物間的差異，於是他就能建構不同於常人的感官世界，在這個世界，他看到了每一件人、事、物的獨特性，並且使他深切了解「沒有任何事物是完全相同」的那種獨一無二；如果他幸運地在這個敏銳察覺力之外，同時兼具了溫暖細緻的心靈，那麼他不僅洞悉了世界複雜的多樣性，更體悟了變化多端的世界，每個獨一無二的事物都各安其分地構築了這個世界的整體和諧。美不就是展現出獨一無二的特性嗎？審美不就是看到每個事物安在的居所嗎？

▌簡單才是一切的答案

　　從味覺覺醒，到品嚐一杯咖啡，其實道理相通。許多人喝了一輩子的咖啡，自以為能喝又濃又苦的咖啡就代表自己是咖啡行家，殊不知這不過是味覺的麻痺所造成的重口味罷了；真正的咖啡行家，應該是能夠品嚐咖啡在不同的沖煮下所造成的味覺差異，也應該能察覺咖啡在不同的溫度下產生的味覺變化。如果今天點的是一杯只有 30c.c. 的義式咖啡，那就請您務必在 30 秒內用三到四口將它喝掉，您會感覺到每一口的味道都不一樣，若是喝的時間拖太長，義式咖啡那層厚厚的油脂就很快會消失殆盡，可說浪費了義式咖啡獨特的風味。如果您點的是虹吸或手沖式咖啡，那麼您就可以慢慢品嚐這杯咖啡了，因為隨著溫度逐漸下降，這杯咖啡會有多層次的變化。

　　當咖啡入口時，請盡量讓咖啡完全覆蓋在您舌頭上，讓每個味蕾都可以接收來自咖啡的訊息，喚醒味蕾的知覺；之後以微微漱口的方式混合唾液，讓舌頭感受咖啡的質感厚度；再緩緩地將這口咖啡送入喉嚨，細細體會喉嚨中的滑潤感。如此，您就可以清楚地知道這杯咖啡的味道了。（事實上，這樣的品嚐方式也適用於品嚐其他飲品上，例如茗茶、品酒等。）隨著溫度下降，舌頭對酸的敏感程度會逐漸提升，所以有人覺得冷掉的咖啡喝起來較酸，以水果酸著稱的咖啡豆在這種狀況下會得到最棒的表現。除了義式咖啡，其他方式沖煮出來的咖啡都不需要一下子就喝完，稍微放置一下，讓咖啡溫度降到 60 度左右，才能嚐到完整的味道。如果您願意嘗試一下，甚至留一點杯底的咖啡，還可以品嚐一口毫無溫度的原貌咖啡。（其實，放涼之後的咖啡除了香味變少、

酸味略為提升之外，其餘應不會有太大的品質變化，除非是品質不佳的咖啡，在失去溫度修飾後變得無法入喉。）這樣喝咖啡，大概就開始有了點美學的品味了吧。

從咖啡的品嚐品味人生，和收集美好感覺進記憶庫，道理是相通的。但是非得有炫目華麗的繽紛色彩或是複雜多變的奇幻景像，才值得收集嗎？我不否認這些都是美的表現，但不認為只有這些才是美。只要展現獨一無二，它都是美，無論它是繽紛或是平淡。但是對這個變幻莫測的世界總該有個標準，讓我們做為審美的眼光吧？是的，面對混沌的世界，什麼事物才能真正吸引我們的注意，成為我們美好記憶庫的一部分呢？我想就是最簡單的事物吧！如同已故蘋果電腦執行長賈伯斯曾說：「簡單，是細膩的極致表現。」在這個令我們不知所措的紛亂世界中，若有一位像陳樹菊女士這樣的人物、或如梵谷的油畫〈農鞋〉這麼單純質樸的事物，甚至是簡單的理想，（如自由、平等、博愛。）它們不是也讓我們想起了某種不帶任何利益價值目的的感動呢！在追求品味咖啡的極致中，我相信：簡單才是一切答案。

因此無論是嗅覺或味覺，任何感覺都一樣，關鍵在於「心」，「心」有兩個層面：一方面指我們要用心品味繁華世界給予的各種變化；另一方面指用心追求後，必須放下追求感覺記憶的本身，不要執著，讓美好的事物單純地存在，不必附屬於我們的感覺。也許放下追求，生命與美學的況味就會在我們的生活中不經意地出現。

找尋屬於自己的詩意居存之所

如同在本書〈緣起〉中所說：一場大病讓我瀕於死亡，也開啟我對死亡的思索。我選擇了在城市流浪、在品味咖啡中看人情冷暖、坐在都市角落裡看千帆落盡。常在腳踏車咖啡旁靜靜地坐著，一語不發地抬頭看向天際，思索著：「這個世界到底怎麼了？」為什麼很多母親痛哭失聲，只為一些駕駛人喝酒後造成孩子的逝去；為什麼青少年們徹夜不歸，流連於聲色場所，不知他們的未來何去何從；為什麼城市的陰暗角落，有些人為了生活苟且度日；為什麼許多人辛勞工作，換來的卻是更加貧窮的生活；為什麼人們總是將自身痛苦複製在另一個人身上……太多的為什麼在我的腦海裡不斷地迴盪著，讓我無法停止思考。

唯一可確定只有「人皆會死」。但死亡對我們而言卻又充滿不可預知。無法了解死，所以對死有「死之恐懼」，也就是害怕死亡消去我們生命中的一切。這種「死之恐懼」往往被隔絕到令人忽視的地步。一般家庭忌諱談論死亡，任何對死的談話都被視為不吉的象徵。不過這種由恐懼而忌諱的現象，在現代卻有另一層轉變。過去多數死亡發生在自己家裡，貼近於生活周遭，以至於我們雖忌諱談死，卻時時不敢忘死；現代死亡多數隔絕在醫院裡，使人們忘卻死亡緊鄰在身邊，於是成為「死的疏離感」，已經不是單純的怕死。如果與死疏離，蓄意避免談死，慢慢地就會看不到死，死的必然性被削弱，結果就是「我不會那麼倒楣」的僥倖心態。試想：喝酒開車的人難道不知道會出車禍而死？標明危險物品或藥品，還是有人會以「勇敢」當做理由隨便使用；公共工程偷工減料不也是因為心存僥倖，而罔顧幾百人生命安全嗎？明

顯地，「與死疏離」必定導致與生疏離。對死的輕忽漠視，正是對許多生命安全觀念忽視的開始。

　　正視死亡至少帶給我對生命兩層體會：一是消極性的意義，一是積極性的意義。什麼是死亡的消極性意義？至少有件事是肯定的，那就是它標舉出生命齊一的本質，《莊子‧齊物論》就以風吹竅穴為聲做譬喻：

夫大塊噫氣，其名為風。是唯無作，作則萬竅怒呺。而獨不聞之翏翏乎？山林之畏佳，大木百圍之竅穴，似鼻，似口，似耳，似枅，似圈，似臼，似洼者，似污者；激者，謞者，叱者，吸者，叫者，譹者，宎者，咬者，前者唱于而隨者唱喁。泠風則小和，飄風則大和，厲風濟則眾竅為虛。而獨不見之調調、之刁刁乎？

　　不同竅穴有不同呼聲，風一停止，所有的呼聲全部噤語，指的不就是人生嗎？自古不論公侯將相、大奸巨盜，莫不一死。所以當我們看透了死亡的意義時，還有什麼值得在意的呢？所以我說這是死亡的消極性意義。

　　再者是死亡的積極性意義。想到的還是莊子的寓言，《莊子‧逍遙遊》一開始就說明生命變化的特質：

北冥有魚，其名為鯤。鯤之大，不知其幾千里也。化而為鳥，其名為鵬。鵬之背，不知其幾千里也；怒而飛，其翼若垂天之雲。

　　表面看來莊子說了一個有趣的神話故事，但我們若仔細思索這

則寓言背後，就會發現它說的還是生命的本質——在保持變化的精神中逍遙。由此而知，死亡也不過是生命本質的諸多變化而已。如此逍遙自在地看待死亡，不正是審美最極致的境界嗎？

　　記得〈長途旅行〉歌中，有這麼一句話，正好說出了我現在的心境：一心把美景賞遍，不枉走一趟人間。幸運的是我在咖啡與哲學的世界，找到了屬於我內心深處那詩意的居存之所。我也虔心祝願世間所有人，都能找到讓自己心靈感動的美！

　　曲終人不散，希望看完本書後，能留給您一絲絲的餘音，迴盪在您未來的生命思索中。

于府城古都

國家圖書館出版品預行編目 (CIP) 資料

府城街角的哲學香 ── 大學教授的鐵馬咖啡攤日記 /
謝青龍著.-- 初版. -- 新北市：大眾國際書局，2014.09
256 面；14.8x21公分. --(第一步系列；1)

ISBN 978-986-301-453-9（平裝）

855   103014994

第一步系列 001

府城街角的哲學香 ──
大學教授的鐵馬咖啡攤日記

作　　　　者	謝青龍
繪　　　　者	潘建富
出 版 部 副 理	顏少鵬
執 行 編 輯	鄭彩蓮
特 約 美 編	我我設計
行 銷 統 籌	張雅怡、廖志墭
副 總 經 理	周韻如
出 版 發 行	大眾國際書局股份有限公司　大邑文化
地　　　　址	22069新北市板橋區三民路二段37號16樓之1
電　　　　話	02-2961-5808（代表號）
傳　　　　真	02-2961-6488
信　　　　箱	service@popularworld.com
大邑文化FB粉絲團	http://www.facebook.com/polispresstw

總 經 銷	聯合發行股份有限公司
電　　話	02-2917-8022
傳　　真	02-2915-7212
法 律 顧 問	葉繼升律師
協 力 印 刷	皇甫彩藝印刷
初 版 一 刷	西元 2014 年 9 月 19 日
定　　價	新臺幣 320 元
I S B N	978-986-301-453-9

※ 版權所有　侵害必究
※ 本書如有缺頁或破損，請寄回更換
Printed in Taiwan

大邑文化
POLIS PRESS